GNIK

ZEP

titeuf

tchô, monde cruel

Titeuf sur Internet
www.glenat.com

FRANCE LOISIRS
123, boulevard de Grenelle, Paris
www.franceloisirs.com

Une Édition du Club France Loisirs, Paris
Réalisée avec l'autorisation des Éditions Glénat.

Dépôt légal : octobre 2000

N° ISBN : 978-2-7441-3965-9
N° ÉDITEUR : 33980

Imprimé en France par Qualibris (JL)
Achevé d'imprimer en mai 2007

KEN ET BARBIE
... JE PEUX TE LAISSER TITEUF CET APRÈS-MIDI ?.. JE VAIS CHEZ LE COIFFEUR
BIEN SÛR !
TITEUF, JE TE PRÉSENTE CORALIE.
CORALIE, VOICI UN PETIT COPAIN POUR JOUER.
PFFF
ON VA JOUER À "KEN INVITE BARBIE AU BAL" !
TU FAIS KEN.
GÉNIAL.
C'EST QUOI, CE NAZE ?!! IL A PAS DE CUIRASSE CLOUTÉE ?!! MÊME PÔ UN PETIT PISTOLET-LASER ?!!
IL A PAS BESOIN DE PISTOLET-LASER ! IL DOIT DIRE "OH COMME VOUS ÊTES BELLE, BARBIE !" ET PIS L'EMMENER EN VOITURE !
AH OUAIS ?
BEN AUJOURD'HUI, ILS VONT PÔ AU BAL !
KEN ET BARBIE, ILS FONT L'AMOUR !
VOILÀ
OH OUI ! OH OUI !
QU'EST-CE QUI SE PASSE ?
C'EST TITEUF -SNUF- IL VEUT JOUER À FAIRE L'AMOUR !
BEUH
N.. NON
ZMAK
J'VOUS PRÉVIENS TOUT DE SUITE... SI VOUS ME FAITES UNE PETITE SOEUR ...
JE FUGUE !
?
Z.

LE PIÈGE DIABOLIQUE
LÀ ! UNE MÉGA-BELLE !
TOP GIGA !
... APRÈS, ON LA POSE SUR LE PAILLASSON ET ON FOUT LE FEU AU JOURNAL ... LE TYPE, IL OUVRE LA PORTE ET IL TAPE SUR LE JOURNAL POUR L'ÉTEINDRE ET IL EN A PLEIN LES PIEDS !
WOUHAHA !
PFFFRT JE SONNE ...
ÇA VA ÊTRE UN MASSACRE !
DRIN
CONCIERGE M. BACQUET
PFOUHAHA ! LA TRONCHE DU TYPE !!
HI ! HI ! HI !
MAIS ? MAIS ?... Y'A PERSONNE !!
L'IMMEUBLE VA BRÛLER !!!
SPROTCH
SPROTCH
SPROTCH
SPROTCH
SPROTCH
ALORS QUOI ?!! ON PEUT PAS PRENDRE SON BAIN EN PAIX ?!!
C'EST VRAIMENT PÔ DRÔLE !!
Z. DUPLAN

LA MENACE PAUVRE
SALUT MAM...?
QU'EST-CE QUE TU FAIS ?
JE TRIE TES VIEUX JOUETS POUR LES DONNER AUX ENFANTS PAUVRES ...
PLUNK
M.. MAIS... POURQUOI ?? J'LEUR AI RIEN FAIT AUX ENFANTS PAUVRES, MOI ??
TITEUF ! CE SONT DES JOUETS QUE TU N'UTILISES PLUS !
EUX, ILS JOUENT AVEC DES BOUTS DE FICELLE ...
SI ! SI ! JE LES UTILISE !
VROUM ! VROUM !
TITEUF ! JE VEUX QUE TU APPRENNES À PARTAGER AVEC CEUX QUI N'ONT RIEN.
MAIS SI, ILS ONT DES BOUTS DE FICELLE
ÇA SUFFIT !
ATTENDS ! J'AI UNE IDÉE ! JE PARTAGE ! JE GARDE LES VIEUX JOUETS TOUT ABIMÉS ET JE LEUR DONNE MES SUPER-BEAUX LIVRES D'ÉCOLE !
ÇA... EFFECTI-VEMENT...
... TES LIVRES SONT COMME NEUFS !
ALLEZ... ÇA FERA DES PETITS HEUREUX... ET IL T'EN RESTE TOUJOURS BIEN ASSEZ
NAAAAN !
TA MÈRE A AUSSI FAIT LE RAMASSAGE ?
OUAIS.
C'EST PÔ JUSTE !
SKULL
M'EN FOUS... QUAND JE SERAI GRAND, JE FERAI PAUVRE ET J'AURAI PLEIN DE JOUETS ! VOILÀ !
?
...ET EN PLUS, T'AS MÊME PAS D'ÉCOLE ! C'EST VRAIMENT DÉGUEU !
J'AI PAS PU ALLÉ À L'ÉCOLE merci
PWL
Z.

LE SENS DE L'HUMOUR
HÉ TITEUF... JE TE MONTRE UN TRUC !
OUAF !
KHK
R'GA'D' MMMMMM
?
WAAAAAH ! EXCELLENT ! Y'A QUELQU'UN SOUS TON PULL !!
MAIS NON... T'ES VRAIMENT NUL... JE FAIS JUSTE LE TOUR AVEC MES BRAS !
BEN OUAIS...
J'AVAIS COMPRIS...
HÉ NADIA !! OUAFOUAF ! JE TE MONTRE UN SUPER TRUC !
WAH HA HA !
TU VAS VOIR... C'EST MARRANT !
MMMMM
HÉ !
ÇA VA PAS !!! TU ME PRENDS POUR QUI ?!!
BAS LES PATTES !
NAN, MAIS ATTENDS... C'EST UN TRUC RIGOLO... JE DOIS FAIRE LE TOUR AVEC MES BRAS ...ÇA MARCHAIT AVEC HUGO, MAIS TOI, T'ES TROP LARGE...
QUOI ?!
...BEN, LES FILLES, ELLES COMPRENNENT RIEN AU SENS DE L'HUMOUR.

LA FIN DU MONDE EST POUR LUNDI
BENOÎT, IL EST TÉMOIN DE JÉHOVAH ...
C'EST À CAUSE DE SON PÈRE, C'EST PÔ UN NUL, IL SAIT LA DATE DE LA FIN DU MONDE ...
ELLE EST PROCHE.
LA VACHE ! C'EST BIENTÔT !!
SON TRAVAIL, C'EST ALLER SONNER CHEZ LES GENS POUR LES PRÉVENIR ...
IL PARAIT QUE C'EST UNE SECTE ... MAIS BENOÎT, IL EST JAMAIS PASSÉ À LA TÉLÉ ...
RAYMOND, VOUS ÊTES RESCAPÉ DE LA SECTE DU CONCOMBRE SACRÉ ... AVIEZ-VOUS SUBI DES ABUS SEXUELS ?
C'ÉTAIT COURANT, OUI ...
VOUS ÉTIEZ PRIVÉ DE TOUT.
POURTANT BENOÎT AUSSI, IL EST PRIVÉ DE TOUT ... IL A PAS LE DROIT DE PARTICIPER AUX FÊTES OU AUX ANNIVERSAIRES ...
TU VEUX UN BOUT ?
NON. TOUTES FAÇONS, J'AIME PAS LE LAPIN EN CHOCOLAT.
TU PRÉFÈRES LE ZÉBU SEXUEL ? OUAF
... PÔ MÊME À MARDI GRAS.
TOI NON PLUS, TU T'ES PAS DÉGUISÉ ?!
FI ! VE ME FUIS DÉGUIVÉ EN TÉMOIN DE VÉHOVAH !!
ÇA DOIT ÊTRE NUL D'ÊTRE JÉHOVAH ... TU PEUX RIEN FAIRE, MÊME PÔ ALLER AUX BOUMS ...
M'EN FOUS, J'IRAI AU PARADIS ET PAS VOUS !
TOC !
phoque
ET PUIS, LUNDI, VOUS AVEZ LE VACCIN ET MOI PAS ...
QUOI ?!
MAIS C'EST DÉGUEULASSE !!
... J'AI PAS LE DROIT !
EH OUI.
OUI !! Y'A MON PAPA QU'EST TRÈS INTÉRESSÉ !!! IL VEUT QU'ON DEVIENNE TÉMOINS DE LA JAVAH !!!
... D'ICI LUNDI, C'EST POSSIBLE ?
?
Z.

LES DESSOUS-CHOC
LES GARÇONS ATTRAPENT LES FILLES!
HI! HI! HI!
PFFF
LÂCHE-MOI!! ÇA DÉFORME LES HABITS!
... MAIS QUEL NAZE!!
ZBAK
BUMP
QU'EST-CE QUE...? BUEÊÊÊÊÊH!!
RENDS-MOI ÇA, DÉBILE!
HÉ! LES MECS! J'AI UN SOUTIF!!
VENEZ TOUS!
ELLES METTENT LEURS NÉNÉS DEDANS...
C'EST VRAIMENT DES DÉGUEU-LASSES!
F'EST UN FFOUFTIFF!
POURQUOI C'EST ÉLASTIQUE?
SI TU LES PELOTES, COMME ÇA, ÇA REPREND LA FORME.
HÉ MANU, IL TE VA BIEN!
VOUS POUVEZ MÊME ÊTRE DEUX!
OUAF!
ET MOI? COMMENT VOUS ME TROUVEZ?...
OUAF
OUARK
ARF
OUAF
CRRR
CRAC
ZLAK
EH BIEN, TITEUF... TU NE FAIS PAS DE BISOU À TATA HUGUETTE?
M'APPROCHE PÔ!!!
Z.

LE NOUVEAU CARTABLE
C'EST UN BEAU CADEAU QU'IL T'A FAIT, MANU... ALLEZ, BONNE JOURNÉE ...
TCHÔ !
QU'EST-CE QUE JE VOIS LÀ ?!..
... UN NAIN-À-POIGNÉE !
URK ! URK !
VACHEMENT PRATIQUE, CETTE CHIURE PORTABLE !
'CHIURE PORTABLE' URKURK
J'AI COMPRIS ! C'EST LE GNOME-BALL... ON DOIT SE FAIRE DES PASSES !
OUPS ! RATÉ... URK URK
ZBAM
...OU BIEN ON DOIT LE TOURNER TRÈS VITE ET IL ENTRE DANS L'HYPER-ESPACE...
URK URK
ZOUF
ZOUF
ZOUF
GÉNIAL ! IL CHANGE DE COULEUR !! C'EST VRAIMENT LE TOP-GADGET !
URK ! URK
SALUT ! À BIENTÔT !
COOL, TON CARTABLE !
HAPPY BEURZDAY TOU YOUUUUU
VE CROYAIS M'ÊTRE DÉBARRAFFÉ DE FE TRUC EN L'OFFRANT À MANU...
Z.

L'HOMME QUI VALAIT 3 CENTIMES
BON... ON LE FAIT, CE MATCH DE FOOT ?
BEN NON... MON COPAIN HARIM PEUT PÔ JOUER...
POURQUOI ?
C'EST À CAUSE DE SA JAMBE ...
OUAK !
UNE JAMBE BIONIQUE !!
T'AS DES SUPERPOUVOIRS ?
TU PEUX SAUTER D'UN IMMEUBLE !?
T'AS UN ORDINATEUR INTÉGRÉ ?
UN ACCÉLÉRATEUR TURBO ?
UN LANCE-FLAMMES ?
BEN NON.
MAIS J'ARRIVE À MARCHER... ...DOUCEMENT
AH ?
CLOP CLOP CROUiii CLOP
MAIS ALORS, HEU... ÇA SERT À QUOI, CE TRUC ?
C'EST POUR REMPLACER MA JAMBE, JE L'AI PERDUE SUR UNE MINE.
HEU... SI TU VEUX, JE VAIS CHERCHER MA LAMPE DE POCHE, ON VA DANS LA MINE ET ON TE LA RETROUVE, TA JAMBE !
... ET ILS TE LA RECOUSENT !
C'EST IMPOSSIBLE.
VOUS AVEZ RIEN COMPRIS ! UNE MINE, C'EST PAS ÇA... C'EST COMME UN COUVERCLE DE CONFITURE OU UNE FLEUR EN PLASTIQUE... TU MARCHES DESSUS ET BOUM ! ÇA TE PÈTE À LA GUEULE !
OUAK !
BEUH... C'EST PÔ DE CHANCE D'AVOIR MIS LE PIED DESSUS ...
PFUH ! DANS MON PAYS, ELLES TRAÎNENT PARTOUT !
Y'EN A DES MILLIERS ...
T'AS PORTÉ PLAINTE, AU MOINS ?
... CONTRE L'ARMÉE ?
PFFF
CLIP CLOP CLUNK
ET POURQUOI ILS NE LES RANGENT PAS, CES MINES ?
ÇA COÛTE TROP CHER... IL PARAÎT
C'EST PÔ JUSTE !
BON... ON VA PRENDRE LE GOÛTER ...
? ?
NAN ! JE RANGERAI PÔ MA CHAMBRE TANT QU'ON A PAS RANGÉ LE PAYS D'HARIM !!!
NA !
RIEN À FAIRE !
STARWARS
Z.

PIERCING
LA SOEUR À VOMITO ELLE S'EST FAIT UN PIERCING AU NOMBRIL ...
CASSEZ-VOUS LES P'TITS !
LA FILLE DU CONCIERGE, UN AU NEZ ...
MAIS ? ET POUR SE MOUCHER ?!
¡ ATTENDS QUE ÇA SÈCHE ET APRÈS, TU GRATTES ...
UNE NANA DES 9E S'EN EST FAIT UN À LA PAUPIÈRE ET UN À LA LANGUE ...
T'AURAIS VU LA TRONSSSHE À MON PÈRE !
LA COUSINE À MARCO, UN AILLEURS...
SI ! JE L'AI VU !
C'EST DES CONNERIES !
OÙ ? OÙ ?
BÊÊÊÊ
UN TYPE AU SUPERMARCHÉ EN AVAIT PLEIN LA FIGURE...
TCHEU ! LUI, IL DOIT COULER, À LA PISCINE !!
SA MÈRE C'EST ROBOCOP !
OUAF
MAIS JEAN-CLAUDE C'EST LE PLUS FORT,.. IL S'EST FAIT UN PIERCING AUX DENTS.
PFFÔFFV' TFYPFES !!

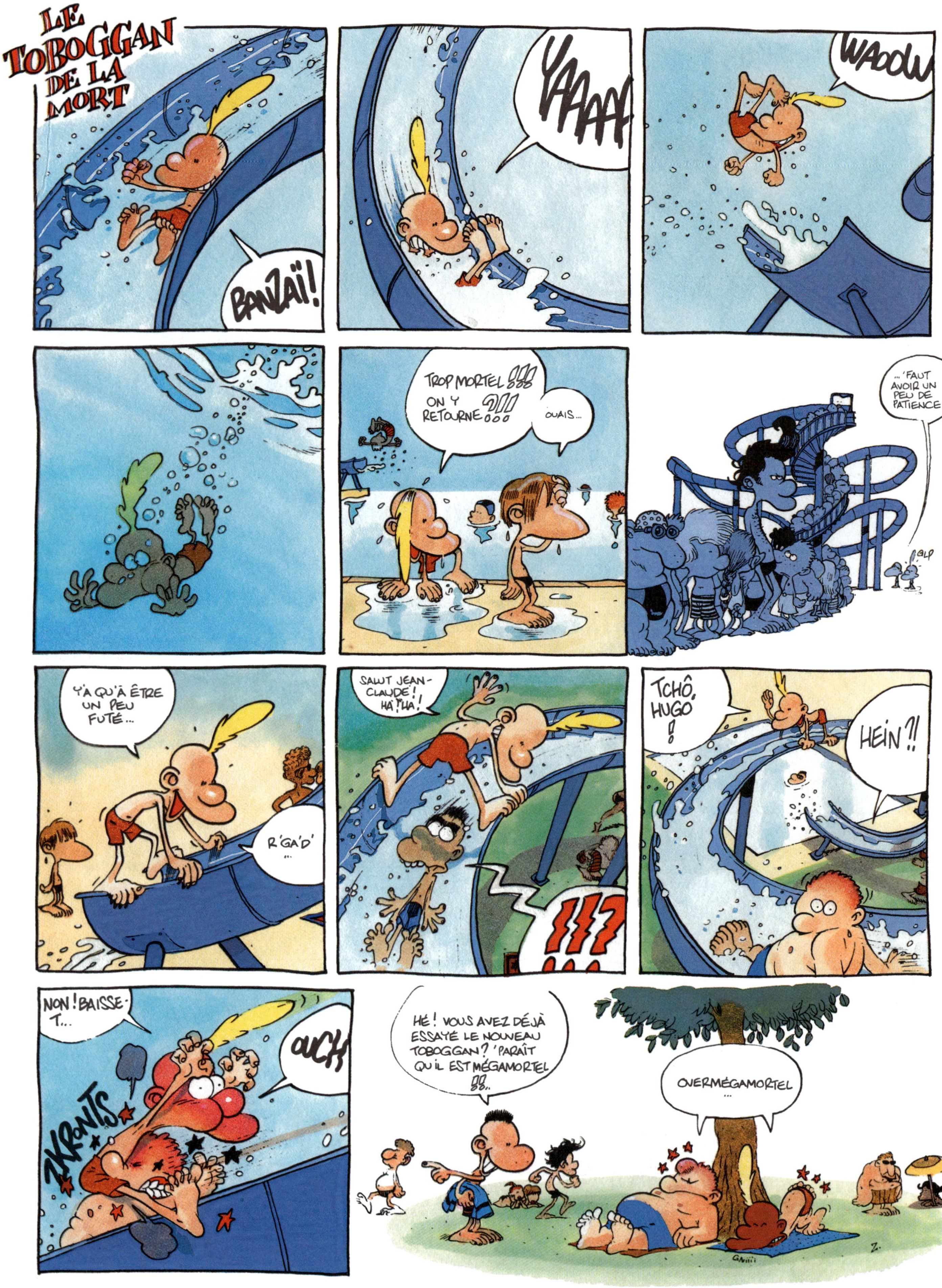
LE TOBOGGAN DE LA MORT
BANZAÏ!
YAAAAA
WAOOW
TROP MORTEL !!! ON Y RETOURNE ?!!
OUAIS...
...'FAUT AVOIR UN PEU DE PATIENCE
GLP
Y'A QU'À ÊTRE UN PEU FUTÉ...
R'GA'D' ...
SALUT JEAN-CLAUDE ! HA ! HA !
!!?
TCHÔ, HUGO !
HEIN ?!
NON ! BAISSE-T...
OUCH
ZKRONTS
HÉ ! VOUS AVEZ DÉJÀ ESSAYÉ LE NOUVEAU TOBOGGAN ? 'PARAÎT QU'IL EST MÉGAMORTEL !!...
OVERMÉGAMORTEL...
GNiii

ON LINE OU PAS
YAHOOO
BANZAÏ !
J'VEUX DES ROLLERS ON LINE !!
D'ABORD, ON NE DIT PAS "JE VEUX". ENSUITE, IL EST HORS DE QUESTION DE FAIRE DES DÉPENSES INCONSIDÉRÉES ...
ON-LINE
... MAIS, SI TU VEUX, TU PEUX AVOIR MES VIEUX PATINS À ROULETTES...
TON PÈRE A TROUVÉ UN BOULOT D'ANTIQUAIRE ?!
C'EST LES ROLLERS À TOUTANKAMION ?
CASSEZ-VOUS !
NULS DU ZIZI !
PFFT
OUAF
Y'A TITEUF QUI LABOURE LE PRÉAU !
T'AS OUBLIÉ DE METTRE L'HUILE DE TRICÉRATOPS !
KRRR KRR KRRR
WAAAAF ! C'EST HOLIDAY ON JURASSIC !
FAIS GAFFE AU MUR DU SON !
OUAF
PFRT
ZBAM
J'VEUX UNE KALACHNIKOV POUR BUTER TOUS CES NAZEBROQUES !!
HUM..
... MON VIEUX FUSIL À BOUCHON ...
Z. L DUPLAN

L'EAU À LA BOUCHE
DES FOIS, JE DOIS MONTER EN ASCENSEUR AVEC MONSIEUR CHAMPION ET SON BOXER, TERMINATOR ...
C'EST DÉGUEULASSE ! IL BAVE PARTOUT !!
C'EST PAS SA FAUTE ...
IL EST OBLIGÉ.
... C'EST SON SEUL MOYEN POUR ÉLIMINER LA SUEUR.
QUOI !? IL TRANSPIRE DES PIEDS PAR LA BOUCHE !!?
HORRIB' !
...UN PEU COMME SI TU BAVAIS DU JUS DE CHAUSSETTE.
LE SUPPLICE !!
?
SNFF
DEPUIS QUE JE SAIS ÇA, IL ME FAIT PITIÉ ...
LE PÔV' ...
ON DOIT POUVOIR FAIRE QUELQUE CHOSE ...
... JE LUI AI DONNÉ UN PEU DE LESSIVE.
SUSUCRE ...
APRÈS, TU TRANSPIRERAS UNE BONNE ODEUR DE FRAÎCHEUR PRINTANIÈRE ET D'ENZYMES DÉTACHANTS.
?
SLRRP
RÂÂÂÂÂH TERMINATOR !
BURP
M. CHAMPION A CRU QU'IL AVAIT LA RAGE ... IL L'A FAIT PIQUER.
Z.

LES MERCREDIS NATURE
LES ENFANTS, NOUS ALLONS OUVRIR GRANDS NOS YEUX ET, ENSEMBLE, DÉCOUVRIR LES MERVEILLES DE LA FORÊT.
OUA
SE LEVER À SIX HEURES UN JOUR SANS ÉCOLE !!! ELLES VONT PÔ S'EN ALLER, LES MERVEILLES DE LA FORÊT !
ON SUIT, DERRIÈRE ...
BEN... PEUT-ÊTRE ?
OOOOH REGARDEZ ! DES CROTTES DE FOUINE !!
ON A DE LA CHANCE !
PFFF
J'AI COMPRIS, MAINTENANT... 'FAUT SE LEVER TÔT POUR PASSER AVANT LES ÉBOUEURS !
AH ?
APPRENEZ À OBSERVER ET... ON SUIT, DERRIÈRE !
M'SIEUR ! DES TRACES !!
AH ?! TRÈS BIEN... BRAVO !
REGARDEZ ! UNE EMPREINTE DE MOTO-CROSS !
ÇA DOIT ÊTRE UNE 750...
ÇA N'EST PAS DU TOUT INTÉRESSANT, ÇA !!
OUAIS, BEN ÇA VAUT LARGEMENT VOS CACAS DE CHIEN
BIEN DIT.
ON EST VENUS POUR OBSERVER LA NATURE !
ON POUSSE UN BUISSON ET ON OUVRE...
...L'OEIL !??
GROIINKK
GROOINK
TOUGOUDOUGOUDOUGOUDOUM
WAAAA ! C'ÉTAIT GÉNIAL, M'SIEUR ! J'ESPÈRE QUE ÇA SERA AUSSI BIEN MERCREDI PROCHAIN !
REUH
REUH
BEUH ! J'AVAIS PARIÉ SUR LE SANGLIER ...

MAC CHAMPION
GERBO-MAC
T-REX
MC NUGGETS
MAC
SUGGESTIONS
T'AS PRIS QUE DES FRITES, VOMITO ?
PFUH... LE RESTE, C'EST QUE DU CHIMIQUE !
MAIS NON, C'EST DU BOEUF...
... DU BOEUF CHIMIQUE, OUAIS...
HUM... T'AS L'HEURE ?
OUI... IL EST EXAC... !!!
OUARF ARK OUAK WAF
FRRT
? TU LE BOUFFES COMMENT, TON MÉGAMAC ?!
BEN... TRANCHE PAR TRANCHE...
CROUMF
OUHAHAHA ! LES P'TITS ZIZIS !!
ÇA SE MANGE PÔ COMME ÇA !
AH OUAIS ? PARCE QUE TOI, T'ARRIVES À LE METTRE ENTIER DANS LA BOUCHE, PEUT-ÊTRE !?
PFFT
ALORS LÀ, C'EST QUAND TU VEUX...
HA ! HA ! CHICHE ! MON DESSERT SI TU Y ARRIVES !
PLACE AU KING DU MÉGAMAC ! ROULEMENT DE TAMBOUR !!
PFFF TSSS
'ÉUSSI !
'A 'OUS É'ATÉ !!!
OUAIS... MAIS ÇA, C'EST RIEN... 'FAUT RÉUSSIR À MORDRE DEDANS !
OUAIS
ARGN
SPRROUTCH
OK... T'AS GAGNÉ... JE TE FILE MÊME L'EMBALLAGE DU DESSERT !
... ET LA BOÎTE DE SERVIETTES !
AGN
G

F.C. PAPA
LE FOOT, C'EST PÉNIBLE...
'TENTION!
PASSE!
COURS TITEUF!
FANVEMENT!
'FAUT ÊTRE SOLIDE...
SHOOTE!
BUNT
SUPER LA TÊTE, TITEUF!
... PÔ QUITTER LE BALLON DES YEUX...
ATTEN...
PLAF!
MAIS LE PIRE, C'EST LES PAPAS...
COURS
TAPE CETTE BALLE!
COURS, FEIGNANT!
HORS JEU!
PENO!
FANVEMENT!
VOTRE FILS, IL EST HORS-JEU...
QUOI?
ÉVIDEMMENT, AVEC LES PASSES QUE LUI FAIT LE VÔTRE!
ET VOTRE AILIER... IL FAIT N'IMPORTE QUOI...
C'EST MON FILS
IL A POUSSÉ LE MIEN
PAS DU TOUT... IL ÉTAIT DANS
REGARDEZ! C'EST TITEUF QUI ATTAQUE!!
MON FILS!
PFFF
VAS-Y, FISTON! COURS! COURS!
OUAIS PFF OUAIS
TI-TEUF! TI-TEUF! OOOOOOOH!
SPLATCH
PENALTY!
CARTON
PAS DU TOUT... IL EST TOMBÉ TOUT SEUL!
VOUS TRICHEZ! COMME VOTRE FILS!
QUOI?
ALLEZ JOUER AUX BILLES!!
TRICHEUR
ET LA BOXE, VOUS CONNAISSEZ?
PLAF!
AÏE
TONK
ALORS?... CE MATCH... VOUS VOUS ÊTES BIEN BATTUS?
BEN...

SPLOUTCH
HÉ HÉ
HU HU
R'GAD' CELUI-LÀ ...
ATTENDS ...
VAS-Y VAS-Y !
TENTION ...
FLOUTCH
HOP !
OUAF !! LA TRONCHE !
LA MÉMÈRE ...
BANZAÏ !
OUARF !
FLOUSH
GÉNIAL, LA PRÉCISION DE CE PISTOLET À EAU !!
OUARF !
MATE LE TYPE QUI S'ALLUME UNE CLOPE ...
PAN !
FLATCH
AÏE ! IL NOUS A REPÉRÉS !
TIRONS-NOUS !
PÔ DE PANIQUE ! ...
UNE PETITE DOUCHE, ÇA VA LE CALMER
PSCHiii PSCHiii
PSCHii
HI HI
FAIS GAFFE ! VOILÀ LE PREMIER QUI RAPPLIQUE !
HI ! HI ! DOSE MAXIMUM.
HEU ...
SPLOUIT
Z'AVEZ LE MÊME ? ...
... AVEC UN RÉSERVOIR DE 100 LITRES ??
2.

LA DEMI-SOEUR
R'GA'D' MARCO ...
IL NOUS RAMÈNE SA FIANCÉE ?
OUAF
C'EST QUOI, CETTE CHIURE ?
C'EST MA DEMI-SOEUR
IL EN MANQUE UN BOUT ?
ET TOI, T'ES SON DOUBLE-FRÈRE ?
NAN ! C'EST PARCE QUE C'EST LA FILLE QUE MON PÈRE A EUE AVEC SA MAÎTRESSE...
QUOI?! IL EST ENCORE À L'ÉCOLE ?
C'EST PAS PAREIL ... IL S'EST MARIÉ AVEC.
OUARK ! HORRIB'
ALORS, COMME C'EST SA DEUXIÈME FEMME... ELLE, C'EST MA DEMI-SOEUR.
TU PIGES ?
AH ?
BIEN SÛR ... PARCE QUE C'ÉTAIT UNE MAÎTRESSE DE MATHS !
PAPA... TU POURRAIS ENCORE AVOIR UNE MAÎTRESSE, À TON ÂGE, TOI ?
NAN ! MAIS JE DEMANDAIS ÇA PARCE QUE, AU CAS OÙ VOUS POUVIEZ PLUS FAIRE DE PETIT FRÈRE AVEC MAMAN !!
M'EN FOUS D'ABORD !
MAMAN, ELLE SE REMARIERA DIX FOIS ET J'AURAI UN DÉCI-FRÈRE !
... 'PIS JE LE RANGERAI DANS MA BOÎTE À JOUETS !
CRIC
CLAC

GASTRONOMIE
...ET ÇA ?.. émincé aux saveurs printanières... ÇA A L'AIR COOL...
...LES SAVEURS PRINTANIÈRES, C'EST LE TRUC VERT ?
PRENDS TOUT CE QU'IL Y A DANS LE FRIGO ...
BON... ALORS... blanchir les légumes... !?
'FAUT DU TIPPEX !!
BEU...
... ON LAISSE TOMBER LES LÉGUMES.
faire revenir les oignons... !??
ILS SONT PÔ PARTIS !! C'EST MAL EXPLIQUÉ !!
DIS... APRÈS, JE FAIS QUOI AVEC LE PERSIL ?.. JE L'AVALE ?
CHOMP
CHUMP
QU'EST-CE QUE TU FOUS !? C'ÉTAIT "HACHER LE PERSIL" PAS MÂCHER !!
CH'EST TA FAUTE, TU PRONONCHES MAL...
CHUMP
MIUCH
FRCHHHHH
BEN... ÇA Y EST... J'ARRIVE À FAIRE REVENIR LES OIGNONS.
GRATT
GRATT
ajouter la viande ...
LA VIANDE ? HEU ...
Y'EN A PAS.
ON A QU'À METTRE DU SALAMI... C'EST DE LA VIANDE !
" assaisonner " ... JE RAJOUTE DES CHIPS AU PIMENT !
FRRR
CHIPS
Y'A UNE DRÔLE D'ODEUR ...
C'EST LA SAVEUR PRINTANIÈRE...
FROHHH
KEURG
KEURGG
QUARK
KOFFFF
EUAARGG
HÉ, LES FILLES ! ON A EU UNE MEILLEURE IDÉE ! À LA PLACE DU DÎNER, ÇA VOUS DIRAIT UNE VIDÉO AVEC DU POPCORN...
...AUX SAVEURS PRINTANIÈRES ?
Z.

CHIPPENDALE

LE BON ÉLÈVE
PSST... FRANÇOIS... J'AI UN SECRET...
MH ?
WAAA
TAP
TAP
ZNUK
Y'A TITEUF QUI REGARDE PAR-DESSUS LE MUR DES TOILEEETTES !
OUAF
À TOI ! CRUNCH GLOUP URK LE GERBOSANDWICH DE LA MORT... CHOCOLAT AUX NOISETTES-GRUYÈRE-MIEL !
BWWRK
PAS POUR LES LOPETTES...
CHIARD-T'OSES-PÔ !
ALLÔ HOUSTON ? DÉCOLLAGE DE LA NAVETTE ORBITALE...
HI ! HI ! HI !
FCHHH
ATTENTION ! 5.... 4.... 3.... ...2.... 1...
FCHHH
PTAW
ALORS TITEUF, J'ESPÈRE QUE TU T'ES BIEN PRÉPARÉ...
interrogation orale : les cinq sens
PFFFUT ! MÉGAFACILE... J'AI RÉVISÉ TOUT L'APRÈS-MIDI...

MANU-TATOO
Born to pète ta gueule
WAAAAA!!..
LES TATOUAGES, C'EST VRAIMENT LA SUPERCLASSE !!
... IL PARAÎT QUE ÇA FAIT SUPERMAL !
ÇA ME FAIT PÔ PEUR !
JE SERRERAI LES DENTS !
TU PEUX AUSSI LE FAIRE AU MARKER... COMME ÇA, Y'A PAS BESOIN DE SERRER LES DENTS...
GÉNIAL ! ÇA VA ÊTRE SUPERKILL !!
BOUGE PÔ...
HÉ! MAIS ??! ...
QU'EST-CE QUE T'AS FAIT ?!! UNE FLEUR !!
JE SAIS FAIRE QUE LES FLEURS ...
T'ES MALADE ?!! J'AI L'AIR D'UN NAZE AVEC UNE FLEUR !
ELLES SONT TRÈS JOLIES, MES FLEURS ...
C'EST MA MÉMÉ QUI L'A DIT !
AÏE! AÏE! ÇA PART PÔ !!
BEN NON... C'EST ÉCRIT "TOP SPÉCIAL INDÉLÉBILE"
FROTT
FROTT
'FAUT QUE JE TROUVE UN PRODUIT !!
PEUT-ÊTRE QU'EN MÉLANGEANT DU 'WHITE SPIRIT' ET DU 'DÉCAP' FOUR' ?
WWAAAAAÏE! ÇA BRÛLE !
OUI, MAIS ÇA PART..
TCHEU ! LA PEAU AUSSI, ELLE PART ! ...
AÏE AÏE
HEU
WAAAAA LE LOOK SUPERKILL ! TU T'ES FAIT QUOI ?
?
UN TATOUAGE ! ... "FUCK MANU" !!
2.

PROTEST LIVRET
NON AUX ESSAIS NUCLÉAIRES !
UNE SIGNATURE, MONSIEUR ?
GRMBL
STOP
... POUR LE DROIT AUX CHIENS DE FAIRE LEURS BESOINS !
ASSOCIATION free-crott
signez la pétition
POUR LES DROITS DE L'HOMME...
POU' LES D'OITS DE L'HOMME, MADAME...
SIGNEZ POUR UNE PLANÈTE PROPRE...
cafe
POUR UN MONDE PLUS JUSTE...
JE PEUX GARDER LE STYLO ?
Slimod
VOUS AIMEZ LES JEUNES ?
HEU... SIGNE ICI POUR UN MONDE PLUS COOL ENVERS LES ZÉROS DE CONDUITE...
CLIC
CLAC
TU DEVRAIS AVOIR HONTE D'ÊTRE PÔ PLUS ENGAGÉ !

SAFE GOÛTER
?
QU'EST-CE QUE C'EST ?
ILS ONT INSTALLÉ UN DISTRIBUTEUR DE PRÉSERVATIFS !
J'EN VEUX AUSSI ...
TU FSAIS MÊME PAS C'QUE F'EST !
C'EST TOUT PLAT.
NAN, MAIS APRÈS TU LE DÉROULES SUR UNE BANANE.
J'AI VU LA PUB
SI ! JE SAIS CE QUE C'EST ! ÇA SERT À QUE T'ATTRAPES PÔ DES MALADIES COMME HEU... PAR EXEMPLE ... HEU...
DES BÉBÉS !
... OU UNE INDIGESTION DE BANANE ...
PFF
ET VOUS ALLEZ EN FAIRE QUOI ?
BEN ... C'EST AU CAS OÙ ON EST AMOUREUX ...
J'AURAI PAS LE SIDA DE LA TÊTE ...
COOL !
AMOUREUX ?
Z'ÊTES NULS, FA FE MET FUR LE VIVI !
MON FRÈRE DIT QUE PLUS ON AIME UNE FILLE, PLUS IL FAUT EN PRÉVOIR ...
JUAF COMME SI ON POUVAIT ATTRAPER LE SIDA DU ZIZI ?
PFLOBLBFBLBLBLF FBLLBLLF
QUOI ?!
LAISSEZ-MOI LA PLACE !
IL EN RESTE ASSEZ, AU MOINS ?!
FAIS GAFFE ! TU VAS Y LAISSER TOUT TON ARGENT DE POCHE !
'M'EN FOUS !
HEU... NADIA, TU VIENS PRENDRE LE GOÛTER CHEZ MOI, SAMEDI ?
J'AI 34 PRÉSERVATIFS !
ZBAFF
34 AU PRIX DE 12 !
BEN.. HEU... ILS SONT NEUFS, AU MOINS ?
BIEN SÛR... JE ME SUIS... TROMPÉ... HEU... DE TAILLE...
Z. L. DUSSEX

FRISSONS DANS LA NUIT

L'ABOMINAB' MORVAX
THOMAS, IL A TOUJOURS LE RHUME... NOUS, ON L'APPELLE MORVAX.
SNURFLL
À LA CANTINE, PERSONNE NE VEUT MANGER À CÔTÉ DE LUI...
JE PEUX M'ASSEOIR ?
NAN.
C'EST OCCUPÉ !
NAN.
... AVEC LES FILLES, C'EST PAREIL...
VOUS DANSEZ ?
SNRF
Y'A DES FOIS OÙ C'EST PLUTÔT SEC... ET ÇA FAIT DES MIETTES ...
EEEEEERK ! DES PELLICULES DE NEZ !!
...Y'A DES FOIS OÙ C'EST MOUILLÉ.
PFFF
À NOËL, ON S'EST COTISÉS ET ON LUI A OFFERT UN MOUCHOIR ...
PFRT
NGFFF
?
... IL A RIEN COMPRIS, IL A CRU QUE C'ÉTAIT UN FOULARD...
JE PEUX M'ASSEOIR ?
NAN.
NAN.
NAN.
NAN.

LES PUNITIONS
LE PROF DE GYM, IL NOUS FAIT FAIRE DES POMPES...
... ET 3 DE PLUS POUR LA PUNAISE SUR LE BANC !
GN
GNN
LA MAÎTRESSE, ÉCRIRE CINQUANTE OU CENT FOIS UN TRUC...
"BOULES PUANTES," ÇA S'ÉCRIT COMMENT À L'IMPARFAIT ?
BEUH...
LE CONCIERGE NOUS FAIT NETTOYER LES PUPITRES...
PFFFF...
POUR UNE FOIS QUE J'AVAIS BIEN RÉUSSI LE DIRLO' ...
C'EST DÉCOURAGEANT..
ET QUE ÇA BRILLE !
GNIK GNIK
...AVEC MME DUSS, C'EST LA CORVÉE DE LA CAISSE DU LAPIN...
BURK
LE PROF DE TRAVAUX MANUELS NOUS FAIT REPEINDRE DES PORTES...
'FAUT PAS QUE JE TACHE MES HABITS ...
AUTREMENT, MA MÈRE VA ME PUNIR !
FLURCH
AVEC LA REMPLAÇANTE, ON DOIT METTRE UN POINT DANS CHAQUE CARRÉ D'UNE FEUILLE QUADRILLÉE...
PIC PIC PIC PIC
C'EST UN PEU COMME LA BATAILLE NAVALE ...
AVEC MOINS DE SUSPENSE
... ILS ONT VRAIMENT PÔ D'IMAGINATION.
PERDU !! TU DOIS LÉCHER LE SLIP DE RAMON !!
OH NOOOON ... PAS ÇA ... JE L'AI DÉJÀ EU...
... ALORS TU DOIS DANSER UN SLOW AVEC DUMBO !

LA FAUCHE
UNE MINUTE, PETIT...
QU'EST-CE QUE TU AS SOUS TON T-SHIRT ?
SOUS MON T-SHIRT ? ... RIEN, M'SIEUR
J'VOUS JURE...
ET CE JOUET ? QU'EST-CE QUE C'EST ?
BEUH CHAIS PÔ... ON A DÛ ME LE GLISSER SANS QUE JE ME RENDE COMPTE .. HUM...
JE CROIS QUE JE VAIS ÊTRE OBLIGÉ D'APPELER LA POLICE...
NON M'SIEUR ! PITIÉ !!
HMF
J'AI PLUS D'ARGENT ... ON M'A VOLÉ MON PORTEMONNAIE ! ... M'SIEUR ...
MON PAPA EST À L'HÔPITAL, IL A LE CANCER DU SIDA ! MA MAMAN TRAVAILLE DANS UNE CENTRALE NUCLÉAIRE !!!
BEUH
MON POISSON ROUGE EST MORT
M'SIEUR
CE ROBOT, C'EST MON SEUL AMI !
OUIIN
BON. SNUF. ALLEZ.... FOUS-MOI LE CAMP AVEC ÇA !
MERCI, M'SIEUR ...
SCRATCH
SCRATCH
ALORS TITEUF, ON JOUE À LA POUPÉE ?
HIN HIN LE BÉBÉ !
OUARF
HÉ ! M'SIEUR... J'PEUX L'ÉCHANGER CONTRE UNE CASQUETTE NIKE ?

TOP HONTE
...TU VAS ÊTRE MAGNIFIQUE.
NE BOUGE PAS, TITEUF...
MAIS, M'MAN... LE THÈME, C'ÉTAIT LES JEUX VIDÉO..!
ET ALORS?
TU SERAS LE PETIT MAGICIEN DES JEUX VIDÉO...
Y'EN A PÔ!
ENCORE LES JOUES, ET VOILÀ... QU'EST-CE QUI TE GÊNE DANS TON COSTUME?
C'EST UN COSTUME POUR LES FILLES!
TU TROUVES QU'IL RESSEMBLE À UNE FILLE?
PAS DU TOUT... PAS DU TOUT... TU EN AS DE LA CHANCE D'AVOIR UN BEAU COSTUME COMME ÇA...
SNIF
AMUSE-TOI BIEN, PETIT MAGICIEN!
PSSSST TITEUF!...
TOI AUSSI EN MAGICIEN?
BEN OUAIS...
ET ENCORE, ON A EU DU BOL... ÇA AURAIT PU ÊTRE EN 'PIERROT'...
...OU EN WINNIE L'OURSON!
WAF HÉ! LES TRONCHES!
OUAF
WOAH
VOUS VERREZ, SI UN JOUR VOTRE MAMAN S'ABONNE À 'COSTUMES & BRICOLAGES'. C'EST PÔ RIGOLO!!
...ET LE PROCHAIN QUI SE MOQUE, ON LE TRANSFORME EN WINNIE L'OURSON!

LA CLASSE DE NEIGE
BON ... TOUT LE MONDE EST LÀ ... VOUS ALLEZ MONTER DANS LE TRAIN ...
... DANS LE CALME !!
WAOOOOOOH
POUSSEZ-VOUS !!
OUCH !
TCHÔ, LES FILLES !!
HI HI
OUAF
ON VOUS SURVEILLE ...
VOUS NOUS FAITES UNE PETITE PLACE ?
PFF
SONT CONS
ON S'ASSIED, LE TRAIN VA PARTIR ...
RESTEZ TRANQUILLES ...
ASSIS !
HÉ ! IL NEIGE DÉJÀ, LES MECS !!
CHIPS
FAICH'
FAITES GAFFE À L'AVALANCHE !!
BUNK
TITEUF !!
ON FAIT UNE EXPÉRIENCE ?! 'PARAÎT QUE SI ON JETTE QUELQUE CHOSE PAR LA FENÊTRE, ÇA RE-VIENT PAR LA SUIVANTE ...
COOL !! ON ESSAYE !!
LA FENÊTRE !!
DENTIFRICE-LASER SPROUTCH !
MENTHOL MÉGA-DOSE !!
AAAR !
WAAAAH ! L'ABOMINAB' HOMME DES NEIGES !!!
ON ARRIVE !
DÉJÀ !? MAIS C'EST TROP COURT !!
ON A PÔ PU ESSAYER LE BROUILLARD ARTIFICIEL EN VIDANT LES CENDRIERS DANS LA VENTILATION !

LA CLASSE DE NEIGE 2
JE VIENS CHERCHER DU MATÉRIEL POUR MES ÉLÈVES ...
J'VEUX UN SURF! J'VEUX UN SURF!
nidekkr
bzk
freestyler
TITEUF! TAIS-TOI! PUISQUE C'EST COMME ÇA, TU SERAS LE DERNIER SERVI!
MMM FIN DE SAISON... J'AI PLUS GRAND-CHOSE ...
NON
ENCORE UN ?... BON... 'FAUT QUE J'AILLE VOIR À LA CAVE...
HÉ! C'EST ROBOCOP!
PÔV NAZES ...
OUHAHA
ARF
CROUiii
CROUi
CROUiZZ
CROUii
ON AVANCE... ON AVANCE... TOUT LE MONDE ATTEND EN HAUT...
VAS-Y ROBOCOP!
CLIC
DZZZZZ-Z
SCHLOUP
C'EST RIEN... IL FALLAIT LES SERRER UN PEU PLUS.
TAR-ZAN TAR-ZAN
OOIOOIOIO
OUAF
HA
HA
CRKK
C'EST PLUS PRUDENT QUE TITEUF RESTE AVEC MOI, AUJOURD'HUI... JE VOUS LAISSE PARTIR
QUOI?
À CE SOIR ...
AAAH, L'AIR DE LA MONTAGNE ...
... ON VA PASSER UNE BELLE JOURNÉE
LE SOIR...
N'OUBLIEZ PAS DE RACONTER VOS EXPLOITS ...
papa, maman, venez me chercher tout de suite! Je ferai mes devoirs, je rangerai ma chambre, je ferai la vaisselle, mais me laissez pô là!!! pitié
Z.

LA CLASSE DE NEIGE 3
'TENTION!
PRÊTS?
PRÊT
ZBAM
OUHAHA HARK!!
VAINQUEUR PAR K.O.!!
BLINK
RIPOSTE ATOMIQUE!!
ATTENDEZ QUE JE PRENNE DES MUNITIONS...
YAHOO!!
ZBUNT
BONKK
ZBAM
HUGO CHAMPION!
OUAAAiiiiiS
J'AI GAGN.
...
NON... VOUS AVEZ DÛ MAL ENTENDRE... ILS DORMENT COMME DES PETITS ANGES
...
Z.

LA CLASSE DE NEIGE 4
POUR LES JOURNÉES DE SKI, ON A DES MONITEURS... Y'A RENÉ...
ON FLÉCHIT LE GENOU... TOUT LE POIDS SUR LE SKI EXTÉRIEUR ...
Y'A SOPHIE QUI A TOUJOURS DES IDÉES D'ANIMATIONS...
PAUSE-CLOPE, LES RASE-MOTTES ...
FAITES UN BONHOMME DE NEIGE.
... MAIS SURTOUT, Y'A BENOÎT !
ESCADRON, À DONF' !
YAHOOO
AVEC LUI, ON SE MARRE TOUT LE TEMPS...
HOULÀ ! IL VA Y AVOIR UNE AVALANCHE !
PROUT
IL ARRÊTE PAS DE DÉCONNER...
QUELQU'UN A VU MA BOOT ?
EN PLUS, C'EST LE DIEU DU SURF...
BONK
HAHARK VOUS FAITES DES PROGRÈS !
TOUT LE MONDE VEUT ALLER AVEC LUI
GROUPE SURF, AVEC BENOÎT
MOI !
MOI !
MOI !
MOI !
MOI !
CE SOIR, C'EST LA BOUM DE FIN DE CAMP.
C'EST NUL, LES BOUMS ...
C'EST POUR LES FILLES ...
HIN
HIN
LES SLOWS !!
BENOÎT !
BENOÎT !
BENOÎT !
EN FAIT IL EST PÔ SI COOL...
BONJOUR TOUT LE MONDE !
PÔV' TYPE
Z.

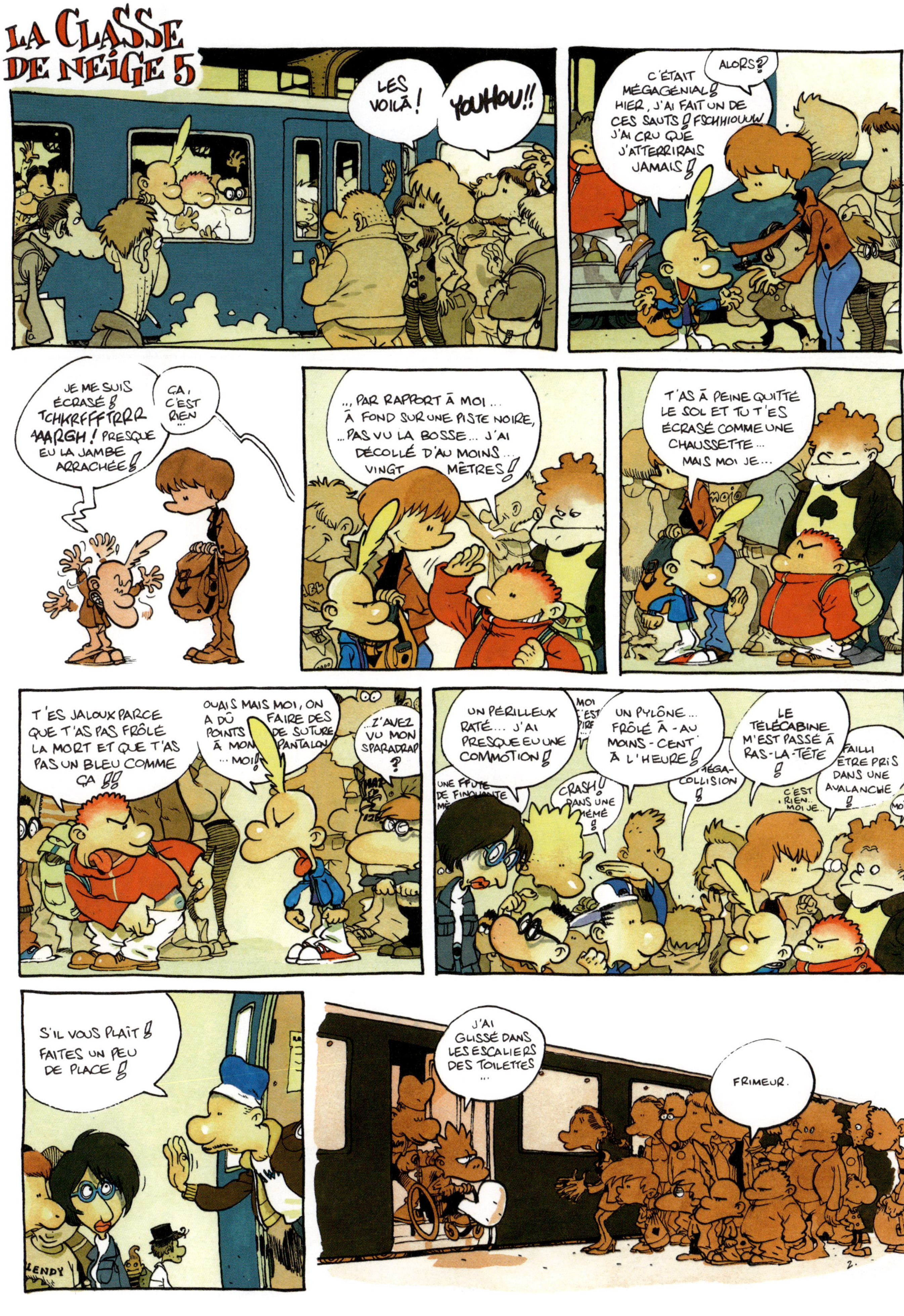
LA CLASSE DE NEIGE 5
LES VOILÀ !
YOUHOU !!
ALORS ?
C'ÉTAIT MÉGAGÉNIAL ! HIER, J'AI FAIT UN DE CES SAUTS ! FSCHHIOUUW J'AI CRU QUE J'ATTERRIRAIS JAMAIS !
JE ME SUIS ÉCRASÉ ! TCHKRFFFTRRR AARGH ! PRESQUE EU LA JAMBE ARRACHÉE !
ÇA, C'EST RIEN ...
..., PAR RAPPORT À MOI ... À FOND SUR UNE PISTE NOIRE, ...PAS VU LA BOSSE... J'AI DÉCOLLÉ D'AU MOINS... VINGT MÈTRES !
T'AS À PEINE QUITTÉ LE SOL ET TU T'ES ÉCRASÉ COMME UNE CHAUSSETTE... MAIS MOI JE...
T'ES JALOUX PARCE QUE T'AS PAS FRÔLÉ LA MORT ET QUE T'AS PAS UN BLEU COMME ÇA !!
OUAIS MAIS MOI, ON A DÛ FAIRE DES POINTS DE SUTURE À MON PANTALON ... MOI !
Z'AVEZ VU MON SPARADRAP ?
UN PÉRILLEUX RATÉ... J'AI PRESQUE EU UNE COMMOTION !
UN PYLÔNE... FRÔLÉ À - AU MOINS - CENT À L'HEURE !
LE TÉLÉCABINE M'EST PASSÉ À RAS-LA-TÊTE !
CRASH ! DANS UNE MÉMÉ !
MÉGA-COLLISION !
C'EST RIEN.. MOI JE..
FAILLI ÊTRE PRIS DANS UNE AVALANCHE !
S'IL VOUS PLAÎT ! FAITES UN PEU DE PLACE !
J'AI GLISSÉ DANS LES ESCALIERS DES TOILETTES ...
FRIMEUR.

BANZAÏ
TAP
TAP
SCRIITCH
CHOUMP
CHOUMP
MIACH
GAW
PLOTCH
CHOUMP
CHOMP
CHUMP
MIUCH
MACH
CRITCH
CRITCH
PTOW
PTOW
PTOW
PTOW
BON. JE RAMASSE LES COPIES...
!?!
OOO
CHOMP
"MANGE SON EXAMEN DE GÉOGRAPHIE"
!?!?
HEU...
...Y'A JAMAIS ASSEZ À LA CANTINE...

LA KILL-BRAGUETTE
À LA RÉCRÉ, Y'A UN TRUC RIGOLO, C'EST PISSER SUR LE SOLEX DU CONCIERGE...
À FORCE DE L'ARROSER, IL VA POUSSER !
ATTENDEZ-MOI, LES MECS !
OUAF
ZIP
PSSSS
JE VOUS FAIS LE PLEIN, MONSIEUR ?
OUHAHAHA !
PSSS
PETITS DÉGUEULASSES !
'TENTION ! LE VOILÀ !
ZUT ! J'AI PÔ FINI !
CETTE FOIS, JE VOUS TIENS !
GROUILLE-TOI, TITEUF !
VOILÀ... GLPS !
'TENDEZ-MOI...
J'ARRIVE !
ET LÀ... DANS LE FEU DE L'ACTION, JE ME LA COINCE DANS LA BRAGUETTE !
TU FAIS MOINS LE MALIN, PISSEUX !
WAAAAÏE ! ÇA FAIT MAL !!
LE CONCIERGE, IL A ÉTÉ PHISOLOPHE...
AH ! AH ! TU ES BIEN PUNI !
... QUE ÇA TE SERVE DE LEÇON.
WAAAÏ
OUUUIE
...ÇA M'A SERVI DE LEÇON... JE PORTE PLUS QUE DES PANTALONS À BOUTONS...
ATTENTION ! VOILÀ LA DEUXIÈME COUCHE !
OUHAHAHARK !
PSSSS
PSSSS
Z.

AUX FRONTIÈRES DU RÉEL
À L'ÉCOLE, Y'A DES PHÉNOMÈNES PARANORMAUX...
ET MÊME PÔ RANORMAUX DU TOUT.
GRAT GRAT
PAR EXEMPLE : COMMENT FAIT LA MAÎTRESSE POUR VOIR DANS SON DOS ?
TITEUF ! POSE ÇA !
... ET SI ELLE AVAIT UN RADAR MÉGA-SENSORIEL CACHÉ DANS LA TÊTE ?
... ET CAMOUFLÉ PAR UNE PERRUQUE EN URANIUM STABILISÉ...
MMM POSSIB'
AUTRE EXEMPLE : POURQUOI NOUS EMPÊCHE-T-ELLE DE REGARDER PAR LA FENÊTRE ??
TITEUF ! C'EST ICI QUE ÇA SE PASSE !!!
C'EST LOUCHE ! À MON AVIS, ELLE A PEUR QU'ON VOIE QUELQUE CHOSE... SÛREMENT UNE BASE DE SOUCOUPES VOLANTES DANS LE PRÉAU
... HMMMM
VOUS VOUEZ AU FFOOT ?
LAISSE TRAVAILLER L'INSPECTEUR MULDER
... OU ON T'AUTOPSIE LE ZIZI !
ET POURQUOI LE CONCIERGE CHUCHOTTE-T-IL TOUT LE TEMPS TOUT SEUL ???
GRMBLL SALES MÔMES GRMM MM CHEWING GUMS
JE PARIE QU'IL CAUSE AVEC LES EXTRA-TERRESTRES !
SI ÇA SE TROUVE C'EST UN ANDROÏDE, ET SON BALAI UNE ANTENNE-LASER INTERPLANÉTAIRE...
BGRMBLCROUIII ALLÔ ? ALLÔ ? VAISSEAU AMIRAL ... ILS SE DOUTENT DE QUELQUE CHOSE... ILS M'ONT TENDU UN PIÈGE-AU-CHEWING-GUM GRMBLCROUIII
... ET CES FEUILLES REMPLIES DE CHIFFRES MYSTÉRIEUX ??
... SÛREMENT DES MESSAGES CODÉS !
aujourd'hui test de maths
'FAUT PÔ QU'ILS AIENT CES RENSEIGNEMENTS ...
maths
PRIVÉ DE TÉLÉ !!
brûle son examen 0
JE ME DEMANDE SI PAPA N'EST PAS DES LEURS ?...

LE SKATE C'EST NAZE

COMMENT SURVIVRE À L'ÉCOLE
DES FOIS, Y'A LE GRAND DIEGO QUI VIENT NOUS EMMERDER...
DIS 'PITIÉ'!
URK URK
PITIÉ!
PITIÉ!!
JE... JE L'AI BIEN EU...
OUIIIN
EN VÉRITÉ, J'AVAIS PÔ MAL DU TOUT ...
UN JOUR, JE SERAI PRÉSIDENT... ET JE LE CONDAMNERAI AUX TRAVAUX FORCÉS ...
... OU L'ÉLECTROCUTER AVEC UNE PILE DANS MA POCHE...
... OU BIEN L'EMPOISONNER AVEC UN SANDWICH AU CACA DE CHIEN ...
... LUI FAIRE BOIRE UN COCA AVEC LE SIDA DEDANS ...
... CACHER UN PIT-BULL DANS SON SLIP, DANS LES VESTIAIRES...
... L'EMPALER SUR UN CRAYON BIEN TAILLÉ...
... LUI DONNER UN CHEWING-GUM QUE VOMITO A LÉCHÉ...
LE MEILLEUR TRUC, C'EST DE SE DIRE QUE C'EST UN PAUVRE TYPE!
TU PEUX ME CROIRE ...
F'EST DE LA PFYCHOLOVIE.
AH?
PÔV' TYPE...
MÉGAPÔV' TYPE
HOU! LE PÔV' TYPE !!
OUAIS COOL!
PAUVRE TYPE.
MÉDAILLE D'OR DU PÔV' TYPE
ÇA MARCHE!
SALUT LES NAINS!
TCHÔ, PÔV' TYPE!
COMMENT?!!
OUPS
VOUS AURIEZ PÔ UN AUTRE TRUC?... PARCE QUE LA PSYCHOLOGIE, HEU....
CHANGER DE VISAGE ...
DÉMÉNAVER EN AUFTRALIE ...

BOYCOTT
TCHÔ LES P'TITS GARS !
WAAAA LA CASQUETTE STARBURK !
FRIMEUR
BEN MOI, J'AURAIS HONTE D'AVOIR ACHETÉ UN TRUC COMME ÇA !
AH OUAIS ? ET... POURQUOI ?
COMMENT ? T'ES MÊME PÔ AU COURANT ?
TU SAIS PAS COMMENT ON LES FABRIQUE, TES CASQUETTES ?!
BEN... HEU... SI... EUH ENFIN...
ON CAPTURE DES P'TITS ENFANTS, ON LES ENFERME DANS DES CAVES, ET ILS DOIVENT TRAVAILLER 24 HEURES PAR JOUR ...
SI C'EST PAS PLUS
ILS SONT ENCHAÎNÉS, ET QUAND Y'EN A UN QUI FAIT UNE ERREUR, IL DOIT FINIR LES ASSIETTES D'ÉPINARDS DE TOUS LES AUTRES !
KRRZZRZZZRZZZRR
GLP
ARG
DES FOIS, ILS ARRIVENT À GLISSER UN MESSAGE DE S.O.S. DANS UNE CASQUETTE...
HEU... L.. LÀ ! "M..MADE IN TAÏWAN"
"MADE", C'EST UN MOT CHINOIS QUI VEUT DIRE UN TRUC STYLE "VENEZ ME DÉLIVRER"
ET TOI, TU ENCOURAGES CE SYSTÈME HORRIB' AVEC TON ARGENT !
MOCHE
DÉGUEU'
HOUU
J'EN VEUX P'US ! JE REGRETTE ! JE SAVAIS PÔ !!
OUIIN
FLOP
HÉ !?! T'AS PAS HONTE D'ENCOURAGER CE SYSTÈME HORRIB' !?
C'EST PÔ PAREIL ... J'AI RIEN ACHETÉ ...
... JE L'AI TROUVÉE PAR TERRE.
Z.

LE PARADIS PERDU
POUR SE MARRER AVEC LES COPAINS, Y'A UN TRUC INÉPUISABLE...
TU ME TIRES LE DOIGT, S'IL TE PLAÎT...?
?
PROUT
...ÇA MARCHE DANS PLEIN DE SITUATIONS...
LE SOUS-MARIN NUCLÉAIRE ATTAQUE!
OUARK!
AUX ABRIS!
REFLBLL
Y'A LES BRUYANTS...
"LE RENARD, PAR L'ODEUR ALLÉCHÉ, LUI TINT À PEU PRÈS CE LANGAGE:
BRAFT!
OUPS
LES ANONYMES...
QUI C'EST QU'A PÉTÉ?
GUEULASSE...
M.MAIS F'EST PAS MOI!!
ÇA CHLINGUE!
EURK
LES TOXIQUES...
PUISQUE LE RESPONSABLE NE VEUT PAS SE DÉNONCER...
...LE COURS DE FRANÇAIS SE POURSUIT DANS LE PRÉAU
Y'A AUSSI LES DÉBATS SCIENTIFIQUES...
LES FILLES, ÇA PÈTE PAS.
...C'EST POUR ÇA QU'ELLES ENFLENT DES NICHONS!
SÛR.
AH BON?
QUAND Y'A DU CASSOULET À LA CANTINE, C'EST L'ÉMEUTE...
DEUXIÈME SERVICE
MOI! ENCORE! ICI!
MOI!
...APRÈS, 'FAUT RÉUSSIR À PIÉGER QUELQU'UN DANS L'ASCENSEUR DE LA MORT.
BOM
BOM
...JE ME DEMANDE COMMENT ON S'AMUSE QUAND ON A UNE COPINE?
...ÇA DOIT ÊTRE CHIANT.

LA MODE DU PLUS FORT

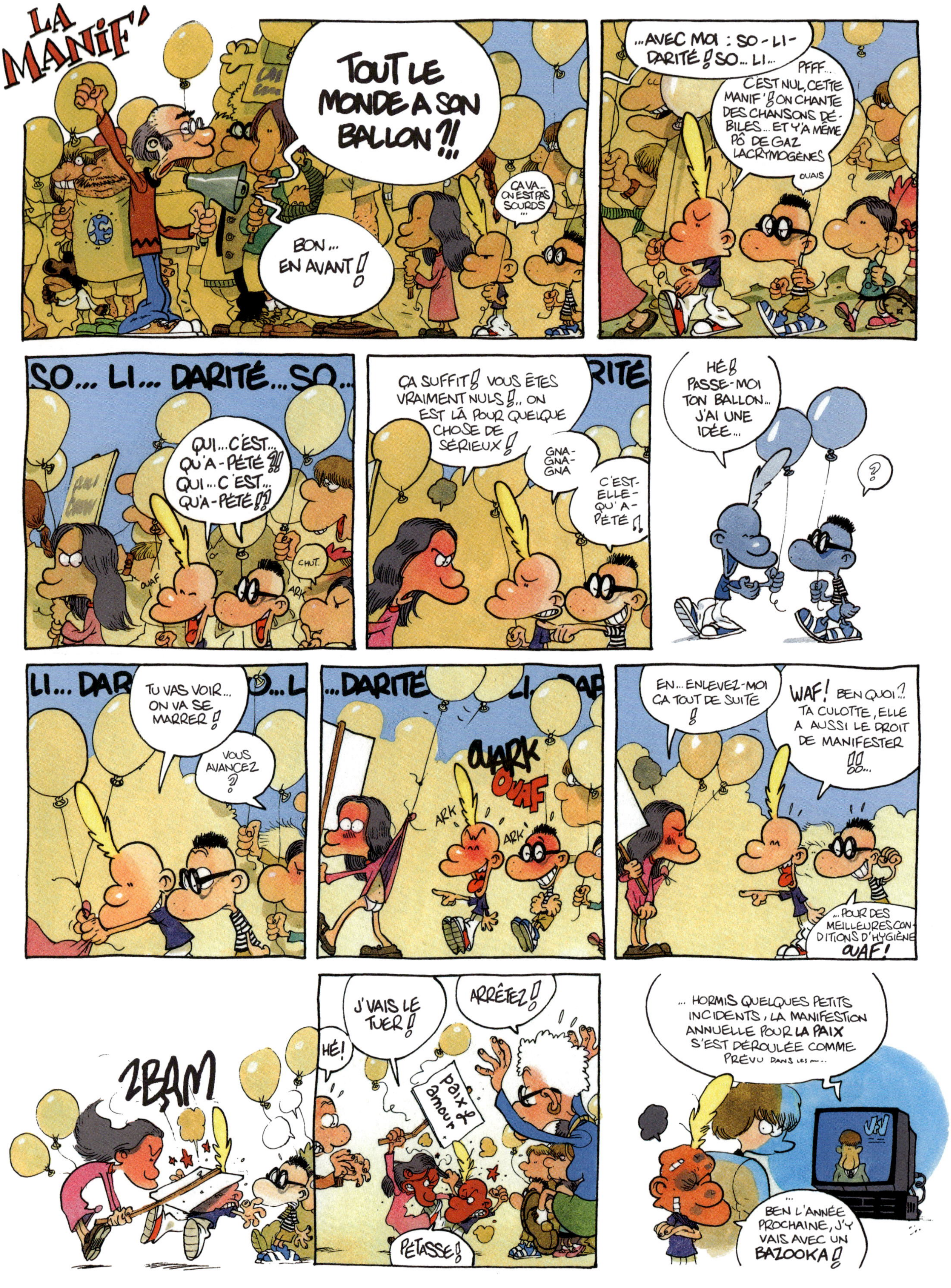
LA MANIF'
TOUT LE MONDE A SON BALLON ?!!
ÇA VA... ON EST PAS SOURDS ...
BON... EN AVANT !
...AVEC MOI : SO-LI-DARITÉ ! SO... LI...
PFFF... C'EST NUL, CETTE MANIF' ! ON CHANTE DES CHANSONS DÉBILES... ET Y'A MÊME PÔ DE GAZ LACRYMOGÈNES
OUAIS
SO... LI... DARITÉ... SO...
QUI... C'EST... QU'A-PÉTÉ ?! QUI... C'EST... QU'A-PÉTÉ ?!
OUAF
CHUT.
ARK
RITÉ
ÇA SUFFIT ! VOUS ÊTES VRAIMENT NULS !.. ON EST LÀ POUR QUELQUE CHOSE DE SÉRIEUX !
GNA-GNA-GNA
C'EST-ELLE-QU'A-PÉTÉ !
HÉ ! PASSE-MOI TON BALLON... J'AI UNE IDÉE...
?
LI... DAR
O... L
TU VAS VOIR... ON VA SE MARRER !
VOUS AVANCEZ ?
...DARITÉ
LI... DAR
OUARK
OUAF
ARK
ARK
EN... ENLEVEZ-MOI ÇA TOUT DE SUITE !
WAF ! BEN QUOI ?! TA CULOTTE, ELLE A AUSSI LE DROIT DE MANIFESTER !!...
...POUR DES MEILLEURES CONDITIONS D'HYGIÈNE OUAF !
ZBAM
J'VAIS LE TUER !
ARRÊTEZ !
HÉ !
paix & amour
PÉTASSE !
... HORMIS QUELQUES PETITS INCIDENTS, LA MANIFESTION ANNUELLE POUR LA PAIX S'EST DÉROULÉE COMME PRÉVU DANS LES...
... BEN L'ANNÉE PROCHAINE, J'Y VAIS AVEC UN BAZOOKA !

LA FÊTE
POUR LA FÊTE DE LA CLASSE, TOUT LE MONDE A PARTICIPÉ...
J'A FAIT UNE GUIRLANDE DE CHAUSSETTES !
HEU... TRÈS BIEN, RAMON...
SNUF
ON POUVAIT AMENER DES DESSINS POUR DÉCORER...
OOOOH, COMME C'EST CHOU !
DES POSTERS...
HUGO !
FAIRE DES BRICOLAGES...
HÉ ! IL SE MOUCHE DANS MA GUIRLANDE !
BEN QUOI... C'EST DES MOUCHOIRS...
WAAAH ! COOL ! TU ME LAISSES ESSAYER ?
NAN. F'EST MOI QUI FAIS.
PFFFFF
ALLEZ, JUSTE UN COUP... J'ESSAIE AVEC UN DINOSAURE EN PLASTIQUE
T'AS PFFAS L'DROIT !!! F'EST MOI !!!
J'Y METS LE TUBE DANS LE CU... HÉÉÉÉÉ
TU TOUFFES PFAS !!!
CRAC
PSCHHHHHHH
F'EST LUI, MAÎTRESSE !!
POUR FINIR, ON A FAIT LA FÊTE DANS LE PRÉAU...
HEU... C'EST DOMMAGE POUR LES GUIRLANDES
PFFFF
PFFF
Z.

L'ESPRIT DU JEU
BON... ALORS, QUESTION BRUNE : QUI A ÉCRIT LE CORBEAU ET LE RENARD ?
HEU...
MOI JE SAIS ! C'EST LA FONTAINE !!
ÇA Y EST ! JE LE SAVAIS !
UN POINT DE PLUS.
ÇA COMPTE PÔ ! C'ÉTAIT PAS À TOI DE RÉPONDRE !
ET PIS D'ABORD C'ÉTAIT DE LA FONTAINE !
COOL... C'EST QU'UN JEU.
PFFF
À TOI... QUESTION BLEUE... "LE NIL" ?
HEU ?
POF
MAIS C'EST PAS VRAI !? T'ES UN DÉBILE TOTAL !! TU AS LU LA RÉPONSE !!
AH TIENS ? OUAIS... ALORS... QUEL FLEUVE COULE EN ÉGYPTE ?
...
TU VIENS DE LE DIRE !!! C'EST LE NIL !!!
ÇA VA... LÂCHE-MOI LE SLIP... C'EST QU'UN JEU...
'TOUTES FAÇONS T'AS PAS DE POINT, MANU AVAIT DONNÉ LA RÉPONSE...
À MOI... SIX !
ÇA COMPTE PÔ ! LE DÉ EST SORTI DU JEU !!
ÇA VA PAS ?
CALME-TOI...
J'SUIS TRÈS CALME, MAIS VOUS FAITES QUE TRICHER DEPUIS LE DÉBUT !!
MOI ? JE TRICHE ?
MOI JE TRICHE ?
J'AI FAIT SIX, C'EST TOUT.
TIENS ! AVANCE DE SIX !!!
ARRÊTE !
ON A PAS NOTÉ NOS PLACES !!
ZBAM
ALORS ? QUI A GAGNÉ ?
BÔH... TU SAIS, C'EST QU'UN JEU...

NADIA GUM
SI ! ELLE ME L'A DONNÉ !
C'EST DES CONNERIES !
QU'EST-CE QUE C'EST ?
HÉ ! HÉ !
IL DIT QUE C'EST UN CHEWING GUM MÂCHÉ PAR NADIA !
VÉRITAB'
WAAAA !
IL A ENCORE SON GOÛT... D'AILLEURS, JE LE LÈCHE...
MMMMM
SLURRP
À MOI !! À MOI !!!
DEUX BALLES POUR L'EMBRASSER !
CINQ.
POUR LE PRIX, JE LE MÂCHE AUSSI !
MMMMMM MMNADIA
CHUMP
CHUMP
CHOMP
À MOI !
À MOI !
MON TOUR
F'EST IFI ?
À LA QUEUE, COMME TOUT LE MONDE !
TOI, TU PEUX JUSTE LE REGARDER, VOMITO.
?
CHOMP
CHOMP
IL F'EST COINFÉ DANS MON APFAREIL !
FAIS GAFFE !
DRRIIIIIIIIIING
AÏE AÏE
5 x 4 +
VOTRE CAMARADE NADIA SERA ABSENTE TOUTE LA SEMAINE. ELLE EST CLOUÉE AU LIT AVEC UNE GRIPPE INTESTINALE...
OUAK
GLRB
Z. & BIBOPS

LE PÉRIL JEUNE
HUM... AHEM... TITEUF, ON A UNE GRANDE NOUVELLE À T'ANNONCER ...
VAS-Y...
?
BON... VOILÀ... TA MAMAN EST ENCEINTE!
OUAK!
LES MECS!
MA MÈRE A LE BALLON !!
J'VAIS AVOIR UN P'TIT FRÈRE!
?
?
BEN JUSTEMENT, JE MONTRAIS LE GAMEBOY QUE J'AI PRÊTÉ À MON PETIT FRÈRE ...
IL A FAIT 'GAME OVER' EN LE LANÇANT DU 6ÈME ...
BEN MOI, MA PETIT FRÈRE, IL A DÉCOUPÉ MA ZONBLOU... IL TROUVAIT ÇA L'ÉTAIT PLUS JOULI ...
ÇA SE DISCUTE ...
Y'A PIRE! SAMEDI DERNIER, J'AI DÛ ACCOMPAGNER LE MIEN AU CONCERT DE LUCIE JOLIE!
JE CHANTE AVEC LES OURSONS
WOARG
DUR
TOUT ÇA, C'EST RIEN! MOI AUSSI, JE ME RÉJOUISSAIS D'AVOIR UN PETIT FRÈRE, J'AVAIS MÊME FAIT DE LA PLACE POUR PARTAGER MA CHAMBRE...
... BEN J'AI EU UNE PETITE SOEUR! ET MA CHAMBRE, C'EST DEVENU BARBIE-LAND !!!
ARG
HORRIBLE
MAMAN! MAMAN!
HEU... C'EST ENCORE POSSIB' D'ÉCHANGER CONTRE UN HAMSTER ?
Z.

ZEP

titeuf

le miracle de la vie

Skate.
WAAAH LA HONT' ! T'ES MÊME PAS CAP' DE FAIRE DE LA PLANCHE !
CE... C'EST PÔ ÇA DU TOUT... J'AI... J'AI DÉCIDÉ D'ARRÊTER ...
... À CAUSE DE LA CIRCULATION... DES BAGNOLES, DES CAMIONS... C'EST DEVENU TROP RISQUÉ.
WAHAHA LA CONNERIE !
AVEC LE SKATE, Y'A AUCUN PROBLÈME DE CIRCULATION PUISQU'ON ROULE SUR LES TROTTOIRS !
OUAIS, MAIS...
ROULROULROULROUL
C'EST PARCE QUE T'AS PEUR DES ESCALIERS ? REGARDE !
HOP !
DOIGTS DANS LE PIF !
TROP DE PIÉTONS ? ZAM ! LE MUR DE LA MORT !
BANZAÏ !
ROULROULROULROULROULROULROULROUL
T'AS ENCORE RIEN VU !...
UNE BARRIÈRE ?! TCHAK !
... JE SLIDE !
SKRI
SKRROUIIII
... UN QUARANTE TONNES MAL STATIONNÉ...
TU VOIS, TU VOIS...
Z.

le vent à la Con
LA PISCINE EN PLEIN AIR, C'EST MARRANT. Y'EN A TOUJOURS QUI SE CHANGENT PAS DANS LES VESTIAIRES.
?
ILS FONT ÇA AVEC LEUR SERVIETTE AUTOUR DE LA TAILLE ...
ET AUJOURD'HUI Y'A DES SUPER-RAFALES !
ET HOP !!
OUAF ! OUAF !
VOUF
T'ES UN DÉGUEULASSE !
CHUIS PÔ UN DÉGUEULASSE ... C'EST LA NATURE !
WAOOOOW ! R'GAD' CELLE-LÀ !
GLP !
SOUFFLE POUR FAIRE LE VENT !!!
PFFU
PFFFU
PFOU
ÇA A PÔ MARCHÉ !!
QUEL NUL, CE VENT !
BONJOUR LES ENFANTS ! ALORS ... ON BRONZE ?
B... BONJOUR MAÎTRESSE !
VOUS NE FAITES PAS DE BÊTISES, AU MOINS ...
NON
NON
OH ! CE VENT !!!
ZOUF
PISCINE
BEN... VOUS AVEZ PAS L'AIR BIEN... VOUS AVEZ PRIS FROID ?
...AVEC FE VENT ?

Ça épate les filles
WAAAAA !! KEVIN LOVER, QUEL MEC !!
IL EST TROP CHOU !!
"JE PEUX DANSER ET CHANTER EN MÊME TEMPS"... C'EST VRAIMENT FOU !!!
KEVIIIIIN
PFEUH !
C'EST NUL ! ÇA A RIEN DE FOU ! ...
... MÊME UN DÉBILE PEUT LE FAIRE !
AH OUAIS ?!
FAIS-LE, ALORS !
PFEUH ! JE... J'FAIS BIEN MIEUX, D'ABORD !
AH BON ?!
ÇA M'ÉTONNERAIT !
VAS-Y !
BEN... JE CHANTE "AU CLAIR DE LA LUNE" EN ROTANT !!
JURÉ !
PFFFFFFFF
C'EST MÉGADUR !
TU M'CROIS PAS ?!! ATTENDS...
LAISSE TOMBER...
BURP
AU CLAIR DE LA LUNE
DÉGUEULASSE...
HÉ ! ATTENDEZ !!! J'SAIS AUSSI FAIRE LE BRUIT DU PET AVEC LES OREILLES !!!
LAISSE TOMBER, C'EST DES FILLES...

les organes
T'AS VU L'ÉMISSION SUR LE DON D'ORGANES, À LA TÉLÉ ?
OUAIS.
HEIN ?
QUOI ?
C'EST QUAND T'ES MORT... ON PREND TON FOIE ET ON LE DONNE À QUELQU'UN D'AUTRE ...
AH BON ? J'VEUX BIEN, J'AIME PÔ LE FOIE...
... ILS PEUVENT MÊME VENIR TOUT DE SUITE.
MAIS ILS PRENNENT TOUT !
TON CERVEAU, TON COEUR, TON INTESTIN ...
TON ZIZI !
GLP
... ET APRÈS, ILS GREFFENT TOUT ÇA À UN AUT' TYPE !
OUAK ! ALORS IL A DEUX ZIZIS ?!!
MAIS... SI ON TE GREFFE LE CERVEAU À RAMON, TU DEVIENS NUL EN FRANÇAIS ?
ILS S'EN FOUTENT... ILS PRENNENT CE QU'IL Y A.
?
QUÉ ?
... ET MÊME LES PIEDS ?
T'ES EMMERDÉ À CAUSE DE LA POINTURE ...
NAN... LES PIEDS, C'EST PAS UN ORGANE !
T'IMAGINES ?... ON TE COLLE L'ESTOMAC À VOMITO !
DÉGUEU' !
HORRIB' !
T'AS VU ? ILS FONT MÊME DE LA PUB.
OUAIS.
DINGUE
Je veux ton sexe !
3615 OHLALA

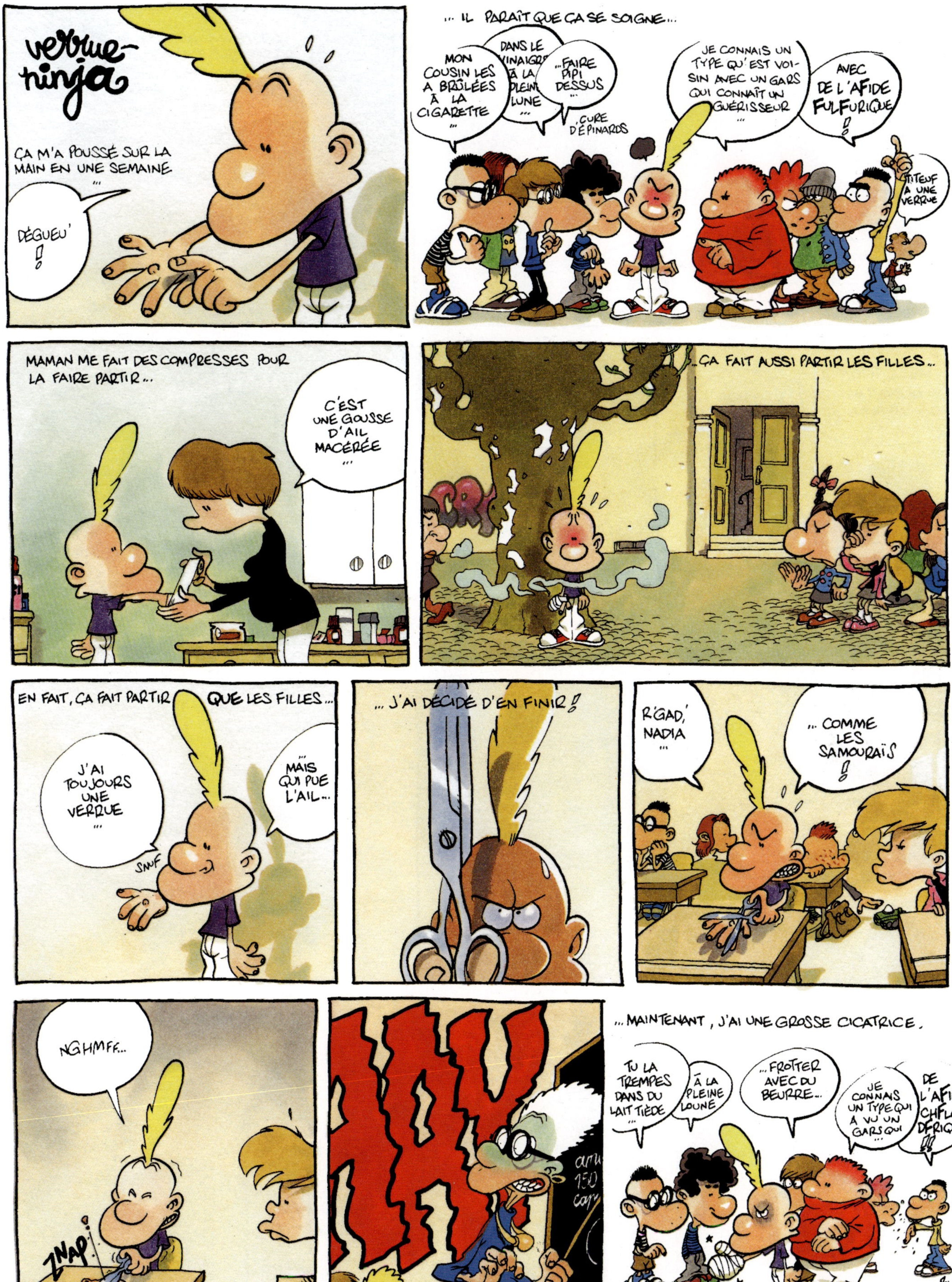
verrue-ninja
ÇA M'A POUSSÉ SUR LA MAIN EN UNE SEMAINE ...
DÉGUEU' !
... IL PARAÎT QUE ÇA SE SOIGNE ...
MON COUSIN LES A BRÛLÉES À LA CIGARETTE ...
DANS LE VINAIGRE À LA PLEINE LUNE ...
... FAIRE PIPI DESSUS ...
... CURE D'ÉPINARDS
JE CONNAIS UN TYPE QU'EST VOISIN AVEC UN GARS QUI CONNAÎT UN GUÉRISSEUR ...
AVEC DE L'AFIDE FULFURIQUE !
TITEUF A UNE VERRUE
MAMAN ME FAIT DES COMPRESSES POUR LA FAIRE PARTIR ...
C'EST UNE GOUSSE D'AIL MACÉRÉE ...
... ÇA FAIT AUSSI PARTIR LES FILLES ...
EN FAIT, ÇA FAIT PARTIR QUE LES FILLES ...
J'AI TOUJOURS UNE VERRUE ...
... MAIS QUI PUE L'AIL ...
SNIF
... J'AI DÉCIDÉ D'EN FINIR !
R'GAD', NADIA ...
... COMME LES SAMOURAÏS !
NGHMFF ...
ZNAP
... MAINTENANT, J'AI UNE GROSSE CICATRICE.
TU LA TREMPES DANS DU LAIT TIÈDE ...
À LA PLEINE LOUNE
... FROTTER AVEC DU BEURRE ...
JE CONNAIS UN TYPE QUI A VU UN GARS QUI ...
DE L'AFIDE CHFLORHYDRIQUE !!

ramon, il est trop
... IL EST TELLEMENT NAÏF... ON SE MARRE !
RAMON ! FAIS GAFFE !!
?
... PÔ TROP PRÈS DE LA BARRIÈRE !!
LE TYPE QUI HABITE LÀ A UN TIGRE !!! IL A MIS UNE BARRIÈRE, MAIS CHAQUE ANNÉE Y'A DES ACCIDENTS !!
MA...
... C'EST HOURRIB' !
MARCI, TITEUF !! IL FAUDRAIT METTRE OUNE PANNEAU !!
ON LEUR A DÉJÀ DIT...
IL EST TROP, CE RAMON ...
ON VA LUI FAIRE UN TRUC !
... ÉCOUTE ...
PFFFT
RAMOOOON !!
VIENS VOIR !! VIIIIIIIITE !!
HI HI
TITEUF S'EST FAIT MANGER PAR LE TIGRE !!
AY... AY... AY... C'EST TRISTE !
GRAOORR GRRRRR GRRRR
PAUVRE TITEUF ! JA PRENDS SES HABITS... J'IRAI LES RAMENER À SA PARENTS...
AH ? HEU...
GRRR !
AU S'COOOURS ! Y'A LA FANTÔME DE TITEUF EN SLIP QUI SONNE !!
DRIN
... DES FOIS, IL EST VRAIMENT TROP !
Z.

la bibliothèque sexuelle

les risques de l'été
EN ÉTÉ, LE TRUC GÉNIAL...
... C'EST LES BOMBES À EAU.
PCHHHH
PCHHHHH
CHHHHHT!!
GLBL
BLRGL
GLBL
BZZZZZZ
GLB
KLAF
EN ÉTÉ, LE TRUC NUL,
C'EST LES GUÊPES.

bastien est désaccordé
DEPUIS UNE SEMAINE, BASTIEN, IL A UNE VOIX BIZARRE...
VOUS VERREZ QUAND ÇA VOUS ARRIVERA...
OUAF ARK OUHA
... ELLE EST GRAVE, COMME S'IL ÉTAIT ENROUÉ... ET TOUT D'UN COUP, ELLE PASSE DANS LES AIGUS...
VOUS ÊTES DES SALAUDS !!
OUAF
OUAK
C'EST PAS RIGOLO !
VA T'ACHETER UN DIAPASON !!
T'AS ENTENDU BASTIEN ? IL A LE SIDA-DE-LA-GORGE !
C'EST NORMAL... IL EST EN TRAIN DE MUER.
ARK OUAHA
AH NON... IL EST PÔ MUET !
MUER ! C'EST SES CORDES VOCALES QUI POUSSENT !
PÔV' VIEUX ! IL DEVRAIT ALLER CHEZ LE COIFFEUR
ON PEUT RIEN Y FAIRE... C'EST PARCE QU'ON DEVIENT GRAND... APRÈS, IL VA AVOIR DE LA MOUSTACHE !...
... ET DES BOUTONS
... ET LE ZIZI QUI POUSSE !
C'EST QUOI, CETTE CONNERIE ? POURQUOI BASTIEN IL AURAIT LE ZIZI QUI POUSSE ?!?
C'EST COMME ÇA... C'EST LA PUBERTÉ.
LA PUB, C'EST RIEN QUE DES MENSONGES !
... MÊME LA PUB-R.T. !
JE LAISSE TOMBER... VOUS ÊTES TROP NULS
KESKIA ? VOUS VOULEZ MA PHOTO ?
PFFF
FAIS LE MALIN, AVEC TA CORDE VOCALE QUI POUSSE DANS LE SLIP !!
ENROUÉ DU ZIZI !!
Z.

chacun son trou
T'AS REMARQUÉ ?...
Y'A DE PLUS EN PLUS DE CHAUVES ...
C'EST NORMAL ...
C'EST À CAUSE DE LA COUCHE D'OZONE !
AH ?
Y'A PLEIN DE TROUS DEDANS... ALORS LES RAYONS LASER DU SOLEIL PEUVENT PASSER... ET SI T'ES SOUS UN TROU...
... ÇA TE CRAME LES TIFS !
Soleil
couche d'ozone
monsieur mal placé
LUI, PAR EXEMPLE, IL EST À LA LIMITE D'UN TROU ?
OUAIS... IL AURAIT INTÉRÊT À RECULER UN PEU ...
WAAAA! TOUT UN GROUPE DE TYPES QUI ONT LA TÊTE DANS LE TROU !
... MOCHE
HÉ! 'FAUT VOUS PROTÉGER !!
'CHAIS PÔ, MOI... METTEZ UN CASQUE !?!
LAISSE TOMBER... CEUX-LÀ, JE CROIS QU'ILS ONT MÊME LE CERVEAU QUI A GRILLÉ !
PÔV' GARS ...
dehor les aitrangers

puduk'
SON VRAI NOM, C'EST PIERRE-ALEXANDRE...
...MAIS IL PUE TELLEMENT QU'ON L'A APPELÉ PUDUK'...
C'EST PÔ SUPPORTAB' !
GERBOS
'PARAÎT QU'IL NETTOIE MÊME PAS LES BESOINS DE SON TAMAGOTCHI !
LE PIRE, C'EST DANS LES VESTIAIRES DE GYM... 'FAUT RETENIR SA RESPIRATION...
T'AS UN NOEUD À TON LACET, TITEUF ?
GGG
GNN
HHK
ON VA FAIRE DES EXERCICES À DEUX.
TOI AVEC TOI ...
TOI AVEC TOI
NON !
NON !
MÊME NIKE A PÔ RÉUSSI À INVENTER DES BASKETS ASSEZ ÉTANCHES POUR LUI...
HOP !
HOP !
ÊTRE ASSIS À CÔTÉ DE LUI, C'EST L'ENFER...
T'AS PÉTÉ, LÀ ?
BEN... NON...
POUR SE FAIRE PEUR, ON IMAGINE DES TRUCS...
BÂILLONNÉ AVEC UNE CHAUSSETTE DE PUDUK !
SORTIR AVEC LA SOEUR DE PUDUK !!!
... BLOQUÉ DANS UN ASCENSEUR AVEC PUDUK !
LUI FAIRE DU BOUFFE-À-BOUFFE !
MERCI JEAN-CLAUDE
MA MÈRE, ELLE SE REND PAS COMPTE...
SNUF.. ÇA SENT LE FAUVE, LÀ-DEDANS ...
ALLEZ... HOP ! UN BON BAIN !
HÉ ! HO ! J'EN SUIS MÊME PÔ À 2 SUR L'ÉCHELLE DE PUDUK !

la drogue molle
?
QU'EST-CE QUE VOUS FOUTEZ ?
Y'A MARCO QU'A AMENÉ DE LA DROGUE ...
DE LA DROGUE ?!
DE LA QUOI ?
TU VIENS PAS VOIR ! C'EST SECRET !
C'EST QUOI COMME DROGUE ?
C'EST UNE BOULETTE À BASE D'HERBE ...
C'EST DU SCHMITT
DU FMIT ?
C'EST DE LA DROGUE DURE ?
NAN... PLUTÔT MOLLE...
ÇA VAUT HYPER CHER !
IL L'A EUE OÙ ?
FAIS PAS...
GNK
GNK
ÇA SE PREND COMMENT ?
BEN...
ÇA SE MANGE !
ON PEUT ESSAYER ...
C'EST CINQ BALLES.
WOAH... LUI, HÉ !
ON PEUT PAYER EN CARAMBARS ?
C'EST DU "DIS-L'HEURE" ...
OUARK!
C'EST L'OVERDOSE !
IL A PRIS UN TROP GROS BOUT...
ÇA FAIT QUOI ?
ÇA DONNE ENVIE DE VOMIR ...
GÉNIAL !
T'EN AS ENCORE ?
BEN..
FAUT ATTENDRE QUE TOTO DIGÈRE SON FOIN ... APRÈS, IL EN REFAIT D'AUTRES...
BOUARRGGLL
DROGUÉS !!!

l'envahisseur
ATTENTION DEVANT !!... BON... ON VA LE METTRE OÙ ?!
MAIS ?! MAIS ?! HÉ !! QU'EST-CE QUE TU FAIS ?!
C'EST QUOI, CE TRUC ?!
TU VOIS BIEN... LE LIT DU BÉBÉ...
POURQUOI DANS MA CHAMBRE ?!?! Y'A PLUS DE PLACE !!
CHEZ TON COPAIN RAMON, ILS SONT QUATRE DANS LA MÊME CHAMBRE !...
JUSTEMENT !! ON POURRAIT LE METTRE CHEZ RAMON !!... UN DE PLUS, UN DE MOINS...
TITEUF ! TU PARTAGES TA CHAMBRE ! ON ÉTAIT D'ACCORD ..
ATTENDS ! HEU... MES MONSTRES EN PLASTIQUE, MON VAISSEAU-SPATIAL-À-PILES-QUI-FAIT-DU-BRUIT... ÇA VA PÔ ÊTRE BON POUR SON DÉVELOPPEMENT !!
... HEIN ?!
BOUAH
QU'EST-CE QUI SE PASSE ?!
ON ME VOLE MA CHAMBRE !
TITEUF... C'EST JUSTE POUR...
OH !! TU L'ENTENDS ?! IL BOUGE...
BLURGBLLLB
BLUB BLUB BLORGBLLB
PARLE-LUI... DIS-LUI UN PETIT BONJOUR !
HÉ, LE NOUVEAU !! UN AQUARIUM POUR TOI TOUT SEUL À LA SALLE DE BAINS, ÇA T'IRAIT ?!

le bide

?
MAMAN ?...
HEU... C'EST POUR QUAND DÉJÀ... LE BÉBÉ ? ...
DANS UN MOIS.
... ET TON VENTRE ? IL VA REDEVENIR TOUT PLAT... ?
BEN OUI... HEUREU-SEMENT !
J'VEUX DIRE ... T'AURAS PLUS LE BALLON, COMME ÇA ?
HÉ NON.
HEU... OUI... MMH... HEM...
... ET IL VA S'APLATIR D'UN COUP ? COMME ÇA ?...
PAF !
MAIS OUI... NE TE FAIS PAS DE SOUCI... DÈS QUE LE BÉBÉ ARRIVERA !
LAISSEZ TOMBER, LES MECS ! POUR LA FÊTE DE L'ÉCOLE, DANS DEUX MOIS, MA MÈRE POURRA PÔ TENIR LE RÔLE ...
Spectacle
BLORG
le monstre difforme et ses diables

l'entretien d'embauche
C'EST ICI QUE TU VAS TRAVAILLER, PAPA ?
HEU... J'ESPÈRE, JE NE SAIS PAS ENCORE.
TU M'ATTENDS ICI, TITEUF... SOIS SAGE. JE VAIS À MON RENDEZ-VOUS ET JE REVIENS.
TCHÔ ! QU'EST-CE QUE TU FOUS LÀ ?
J'ATTENDS MON PÈRE ...
... IL BOSSE ICI
JE CROYAIS QU'IL ÉTAIT CHÔMEUR ?
OUAIS MAIS IL A DÉCIDÉ DE CHANGER...
C'ÉTAIT PÔ BIEN PAYÉ !
BON... J'TE LAISSE ! Y'A CAPTAIN OVERDEAD QUI COMMENCE DANS DIX MINUTES !
DIX MINUTES !?
GRMBLBL J'VAIS RATER LE DÉBUT !
PAR ICI... MONSIEUR LE DIRECTEUR VA VOUS RECEVOIR ...
DONC, JE LIS SUR VOTRE DOSSIER QUE...
TOC TOC
?
ALORS PAPA ? ÇA Y EST ? TU ES ENGAGÉ ?!
TITEUF !?
?
JE T'AI DIT DE M'ATTENDRE DEHORS...
OUAIS OUAIS... JE SAIS ...
HÉ HÉ
C'EST MON FILS
... MAIS C'EST BIENTÔT L'HEURE DE CAPTAIN OVERDEAD, ALORS J'AI PENSÉ QUE TU POURRAIS PARTIR PLUS TÔT COMME TU FAISAIS AVANT...
C'EST BON, ALORS ? IL A DIT QU'IL T'ÉCRIRA...
TAIS-TOI !
Z.

fils d'obsédés
ALORS, TITEUF... 'PARAÎT QUE TES PARENTS, C'EST DES OBSÉDÉS !!
HIN HIN
QUOI ?!
C'EST QUOI, CES CONNERIES ?
UN BÉBÉ À LEUR ÂGE ... 10 ANS APRÈS TOI ... C'EST DES DÉGUEULASSES !
GNIK GNIK GNIK
ÇA A RIEN À VOIR ! ILS L'AVAIENT FAIT VACHEMENT AVANT, MAIS IL ... IL A MIS PLUS LONGTEMPS À ... À ... VENIR !
TU PARLES ...
GNIK GNIK GNIK
TU VAS LA BOUCLER !?!
... DES OBSÉDÉS !!
... ET T'ES UN FILS D'OBSÉDÉS !
J'VAIS L'TUER !
BUNK
GNIK GNIK GNIK
ZBAFF
UNE BONNE PUNITION, ÇA VA VOUS CALMER !
... 10 PAGES POUR MARDI PROCHAIN !!
TOI, T'AS INTÉRÊT À ÊTRE NÉ LA SEMAINE PROCHAINE ...
?
... PARCE QU'IL Y A CINQ PAGES DE PUNITION POUR TOI !!!

mozart remix
CRUNT
CRUNT
CONSERVATO
REPRENEZ À LA TROISIÈME MESURE, JEUNE HOMME... ET TÂCHEZ DE VOUS CONCENTRER UN PEU !

le pipi du futur
T'AS VU? ILS ONT INSTALLÉ DES NOUVELLES PISSOTIÈRES !
ÇA TOMBE BIEN ! J'VAIS LES ESSAYER TOUT DE SUITE...
HÉ?!!
FLUSHH
OAH ! À PEINE J'OUVRE MA BRAGUETTE, Y'A L'EAU QUI SE MET À COULER !!
C'EST MAGIQUE !
FAIS VOIR...
ZZZZAAAMM
FLUSHHH
JE PARIE QU'Y'A UNE CAMÉRA, ET UN TYPE DÉCLENCHE LA CHASSE DÈS QU'ON S'APPROCHE...
GLP !
P'TÊT' MÊME QUE SI TU PISSES À CÔTÉ, LE SURVEILLANT T'ENGUEULE AU HAUT-PARLEUR...
URINOIR 254 B ! 2 GOUTTES À CÔTÉ !
... ET IL ENVOIE LE PAPIER DE TOILETTE PAR FAX !!!?
C'EST DINGUE ! ON SE CROIRAIT À LA NASA...
OUAIS...
HUM...
... FINALEMENT, J'SUIS PLUS À L'AISE SUR LE SOLEX DU CONCIERGE !
... MOI AUSSI !
PSSSSSSSSSS
PSSSSSSSSSSS

éducation sexuelle
NOTEZ VOTRE QUESTION SUR UN PETIT PAPIER ET MADAME FIBROME Y RÉPONDRA ...
HU HU!
est-ce qu'on pourrait pas laver les spermatozoïdes pour enlever le virus du sida?
est-ce que les spermatozoïdes qui n'ont pas pu rentrer dans l'ovule sont tristes?
est-ce qu'il y a un jouet dans les paquets de préservatifs ?
Si on a une pénis, on peut faire des matsche de pénis ?
est-ce qu'on est obligé de faire l'amour?
COPIE PAS!
est-ce qu'on sent le goût des épinards par le cordon bidulical ?
est-ce qu'on peut se tromper de trou?
BONNE QUEFTION ...
est-ce que vous étiez déjà grosse quand vous étiez un spermazo-toïde?
ALORS, TITEUF... EST-CE QUE ÇA S'EST BIEN PASSÉ?
NOTE TA QUESTION SUR UN PETIT PAPIER...
JE TE RÉPONDRAI PLUS TARD!

le diplôme
PRÊT ?
PRÊT.
GO !
TEST DE RÉSISTANCE AU BRUIT : OK !
OK
BON... METS-TOI LÀ... FERME LES YEUX...
TOP !
TEST DE RÉCUPÉRATION D'URGENCE : OK !
TEST DE RÉSISTANCE À L'ODEUR...
OK !
TEST D'ÉTANCHÉITÉ À LA PURÉE...
OK !
SPROTCH
PTOING
TU AS RÉUSSI TOUS LES TESTS ! BRAVO ! TU ES APTE À AVOIR UN PETIT FRÈRE !
FÉLICITATIONS DU JURY !
COOL

moi, c'que j'en dis...
GAËTAN ?
ÉRIC ?
JULIE, SI C'EST UNE FILLE ...
... OU ZAZIE ?
ROMAINE ?
GÉDÉON ?
JULES ?
AGATHE ?
SAMANTHA ?
RÉMI ?
LAURA ?
... ÇA FAIT 3615
TIM ?
PROSPER-AIMÉ ?
ET TOI, TITEUF ... TU AS UNE IDÉE POUR UN PRÉNOM ?
QU'EST-CE QUE VOUS PENSEZ DE "RÉSIDU-DE-PRÉSERVATIF" ?
POURTANT J'ESSAIE DE M'INTÉRESSER, J'TE JURE !!!
PÔV' VIEUX !

être amoureux, c'est nul
JE PENSE TOUT LE TEMPS À NADIA ...
... PENDANT LES COURS DE GÉO ...
DE MATHS ...
= 10
DE GYM ...
AUX TRAVAUX MANUELS ...
CRRR! CRRR
... ÇA PEUT PÔ DURER, 'FAUT FAIRE QUELQUE CHOSE ...
nadia
NADIAAAAAA
C'EST TOUJOURS NADIA, TON PROGRAMME SCOLAIRE ?
OUAIS ...
ET EN PLUS JE ME SUIS RAMASSÉ À L'ORAL !
RAVE!
The robinets

cette fois, c'est la fin

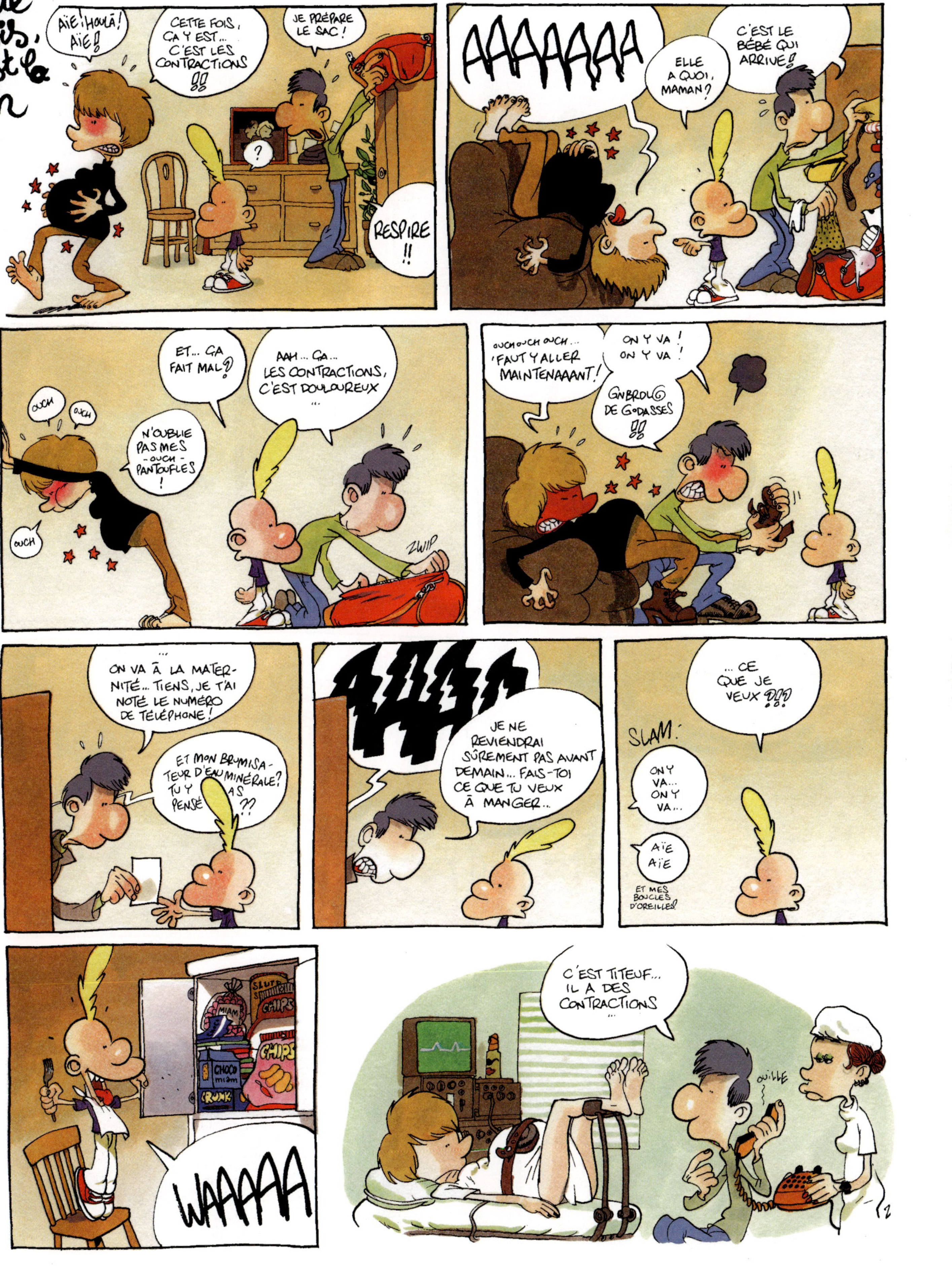

la grande Joie

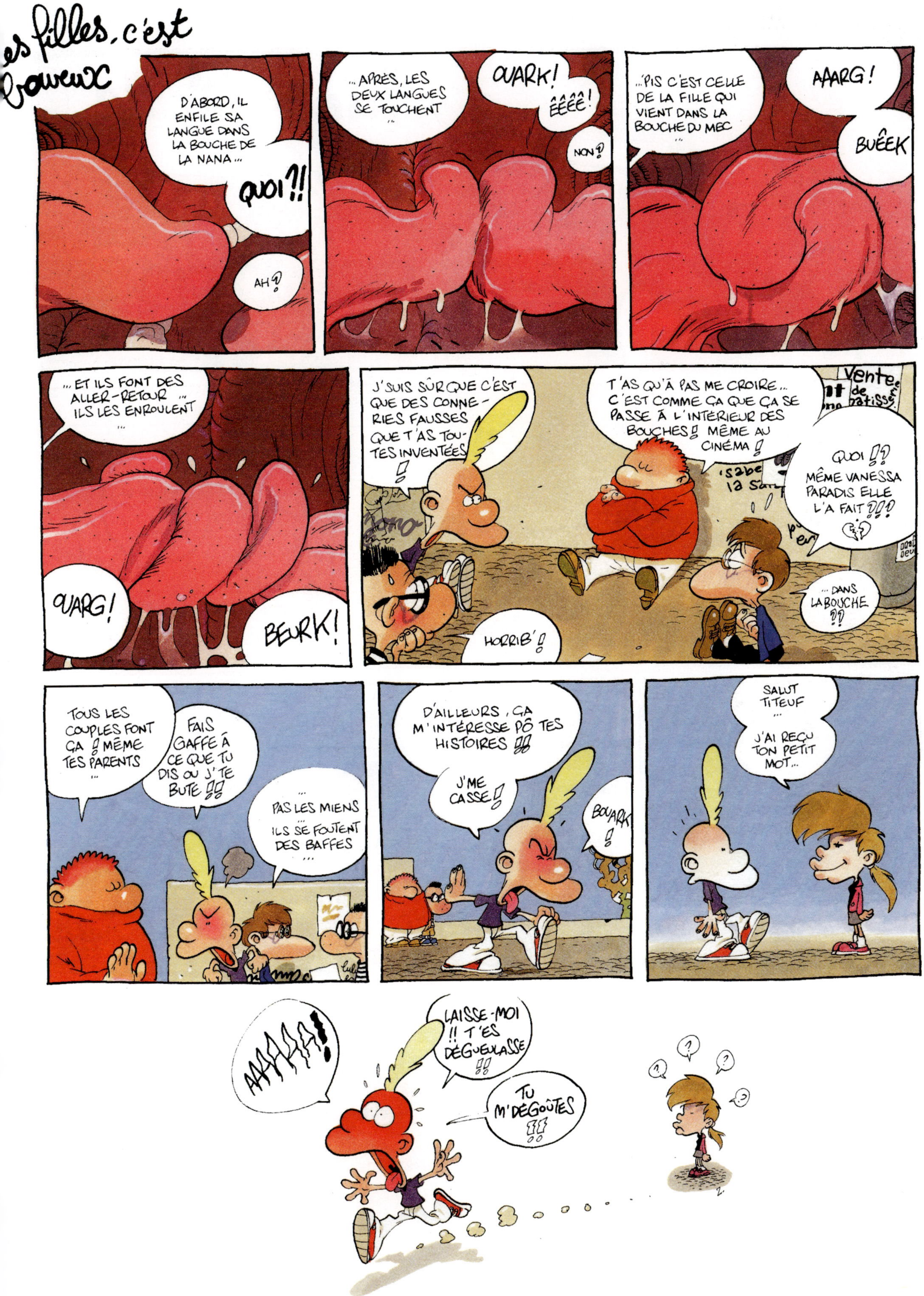

es filles, c'est baveux
D'ABORD, IL ENFILE SA LANGUE DANS LA BOUCHE DE LA NANA...
QUOI ?!!
AH ?
... APRÈS, LES DEUX LANGUES SE TOUCHENT ...
OUARK !
ÉÉÉÉ !
NON ?
... PIS C'EST CELLE DE LA FILLE QUI VIENT DANS LA BOUCHE DU MEC ...
AAARG !
BUÉEK
... ET ILS FONT DES ALLER-RETOUR ... ILS LES ENROULENT ...
OUARG !
BEURK !
J'SUIS SÛR QUE C'EST QUE DES CONNERIES FAUSSES QUE T'AS TOUTES INVENTÉES !
T'AS QU'À PAS ME CROIRE... C'EST COMME ÇA QUE ÇA SE PASSE À L'INTÉRIEUR DES BOUCHES !! MÊME AU CINÉMA !
Vente de pâtisse
QUOI !? MÊME VANESSA PARADIS ELLE L'A FAIT ?!!?
... DANS LA BOUCHE ?!
HORRIB' !
TOUS LES COUPLES FONT ÇA ! MÊME TES PARENTS ...
FAIS GAFFE À CE QUE TU DIS OU J'TE BUTE !!
... PAS LES MIENS ... ILS SE FOUTENT DES BAFFES ...
D'AILLEURS, ÇA M'INTÉRESSE PÔ TES HISTOIRES !!
J'ME CASSE !
BOUARK !
SALUT TITEUF ... J'AI REÇU TON PETIT MOT...
AAAAAA !
LAISSE-MOI !! T'ES DÉGUEULASSE !!
TU M'DÉGOÛTES !!

trash-cuisine
Fête de l'École
UNE CRÊPE, M'SIEUR ...
PÔ DE PROBLÈME
world
Crêpes
caricatures
TOUT EST DANS LE DOIGTÉ
FCHHHH
ZTAP
HOPPP
'TENTION... 'FAUT PÔ LA RATER QUAND ELLE RETOMBE!
GAGNÉ!
FLAK
VOUS ÊTES VEINARD!
POUR L'ASSAISONNEMENT, JE LA PASSE À JEAN-CLAUDE!
NATFURE OU FPÉFIALE?
N... NATURE!
MANU VOUS L'EMBALLE DANS UNE PETITE SERVIETTE...
Y'AVAIT PLUS DE SERVIETTES
BON APPÉTIT, MONSIEUR!
C'EST TOUT CON... MAIS AVEC UN SERVICE SOIGNÉ, ON REND LE CLIENT HEUREUX!
F'EST LA CLAFFE
Crêpes

has-been
BON ...
ON Y VA.
HEU... 'PA, JE ...
CHUT!
REGARDE, ELLE ATTRAPE SES PIEDS!
'MAN, JE...
UNE CUILLÈRE POUR MAMAN... VOILÂÂÂÂÂÂÂ!
OOOOH... ON A FAIT UN GROS CACA!
BRAVO MA CHÉRIE!
C'EST POUR MON LI...
IL FAUDRAIT QUE VOUS SIGN
POUSSE-TOI, TITEUF!
TU VOIS BIEN QUE JE FILME...
GA
GA
REGARDE!
QUI C'EST, LÀ? QUI C'EST?
ELLE EST FORMIDABLE!
HEU...
MON LIVRET...
JE ...
COMMENT ÇA, "PAS SIGNÉ" ?!?!
CE SERAIT PÔ POSSIBLE DE L'IMPRIMER SUR UN PAMPERS?

entraînement

la crise

J'OSE PÔ LUI PARLER ...
FAIS-LUI UN CADEAU !
POUR LUI MONTRER QUE T'ES AMOUREUX, C'EST CE QU'IL Y A DE MIEUX ...
J'T'ASSURE !
UN PARFUM !
... C'EST CE QUE MON PÈRE OFFRE À MA MÈRE QUAND ILS SE SONT ENGUEULÉS ...
haï Hum
moi Oh!
OUAK ! T'AS VU LE PRIX ?!?!
T'AS QU'À EN PRENDRE UN QUI SENT MOINS BON
OU-RA-GAN
foss septik
... OU DES FLEURS ! C'EST LA MÉGACLASSE !!
60 F. les 3
Y'A PAS UN PEU MOINS CLASSE ?
... ET LE DERNIER CD DES 2 BE NAZ ... ? ELLE DOIT ADORER !
HIT !! 89.90 F
BEN...
2 BE NAZ
Bien Coiffés
... ALORS, UN BOUQUIN !! ÇA, TU VAS FAIRE UN CARTON !
SUPER SOLDES -80% !!!
HEU...
DÉDICACE MABINI
Contes romantiques
250 Fr.
ALORS ?
QU'EST-CE QUE TU CHOISIS ?
REST
TU VEUX PÔ ÊTRE AMOUREUX DE NADIA AVEC MOI ?...
... ET ON PARTAGE LES FRAIS ...

le poster des oreilles
AU VOLEUR !
ESSE·Journaux
ON Y VA !
ALLEZ
HAHA
LES MECS ! ON A RÉUSSI À LE PIQUER !!
WAOW !
PFOU !
BON... HÉU... QUI C'EST QUI LE GARDE ?
F'EST VRAI, FA...
HEIN ?
OUAIS.
BEN... C'EST MOI QUI L'AI PRIS, ALORS C'EST MOI QUI...
HEIN ?
QUOI ?!
MOI JE SURVEILLAIS L'ENTRÉE !
MOI VE DIFTRAYAIS LA CAIFFIÈRE !
MOI, J'AI ENLEVÉ LES AGRAFES !
MOI, JE GUETTAIS SI LA POLICE ARRIVAIT !
BON ! BEN Y'A QU'À LE PARTAGER ! COMME ÇA, TOUT LE MONDE EST CONTENT !
VOILÀ !
SCRITCH CRITCH
POUR TOI...
POUR TOI...
POUR TOI...
T'AS EU QUOI, TOI ?
BEN... HÉU..
ON DIRAIT QU'IL Y A DES POILS.
... C'EST SES CHEVEUX
TU CROIS ?
ET TOI ?
BEN... HÉU... J'SAIS PÔ...
ON DIRAIT UN BOUT DE FESSE
C'EST UNE OREILLE, NON ?
VOUS REGARDEZ QUOI ?
C'EST PÔ POUR LES PETITES FILLES !!
'PIS VA METTRE UN BONNET ... T'ES PORNO !

pile ou face de rat
PTOÏNG
BONK
BUNK
BUNK
BUNK
BINK
BONK
BONK
ZNAP
OUAA
GLOUP ?
ALORS... AVEC NADIA ? RESTO OU CINÉ ?
J'SAIS PÔ !! MAIS C'EST ELLE QUI PAYE !!!
Z.

terrorisme
MON MÉGAKILL !!
MON ALBUM DE DRAGON-ZNORK !!!
MAMAAAAN ! ZIZIE, ELLE ME DÉTRUIT TOUTES MES AFFAIRES !!
ALLONS...
SONGE QU'UNE PETITE SOEUR C'EST BEAUCOUP MIEUX POUR TON ÉPANOUISSEMENT QUE TOUS TES JOUETS...
OUAIS... BEN LÀ, CHUIS PÔ NOUI DU TOUT !
ELLE NE FAIT PAS EXPRÈS... ALLEZ, VA LUI FAIRE UN BISOU !
PÔ EXPRÈS... PÔ EXPRÈS...
... ELLE A BOUFFÉ MON MÉGAKILL !!
TCHÔ DESTRUKTOR !
BON, ALLEZ... JE TE FAIS UN BISOU...
?
QU'EST-CE QUE TU AS DANS LA B... ?
MON POSTER DE JUMP RODGERS !!!
MANU, J'PEUX AVOIR L'ASILE POLITIQUE CHEZ TOI ?
Z.

diego
SALUT LES NAINS !
PFF
PEUH.
IL A DE LA CHANCE QU'ON SOIT QUE 3.
TOI-MÊME, D'ABORD !
BIEN DIT.
GRMBELBRDL ! SI JE ME RETENAIS PÔ ...
T'AS RAISON, TITEUF, C'EST UN PÔV'TYPE.
FAUT PAS SE LAISSER FAIRE !
HÉ, LES MECS ! VOUS AURIEZ VU TITEUF, COMME IL A RÉPONDU AU GRAND DIEGO !
ÇA L'A BALÈZE !
BIEN VOUÉ !
ALORS TITEUF ... IL PARAÎT QUE T'AS REMIS LE GRAND DIEGO À SA PLACE ?
WAH
BAH ...
T'AS RAISON, TITEUF ... PÈTE-LUI LA GUEULE !
HEIN ?
HEU
TU VAS LUI EXPLOSER LA TÊTE, HEIN, TITEUF ?
CRASHE-LUI LE PORTRAIT !
VAS-Y !
NIQUE SA TRONCHE !
FAIS-Z-Y PÉTER LES NASEAUX !
diego.. titeuf ayra ta pau !
TU VOULAIS ME VOIR, MINUS ?
VAS-Y
EXPLOSE-LE
TITEUF !? QU'EST-CE QUE TU AS FAIT !?
LE HÉROS !
... ET C'EST NUL !

les filles à table
ZBAF
GLURCH
PFFFRRRT
ZPLAF
ZPLAF
ZPLAF
RÔT
PLATCH
PLATCH
PLATCH
ZPLURCH
AYA
ALORS? TU VAS INVITER NADIA AU RESTO ?
BEN... HEU... JE CROIS QUE NON...
Z.

la fin des dinosaures

Sitcom

C'EST VANESSA GLAMOUR ?
ELLE A ENCORE GROSSI.
LES FILLES DU LYCÉÉÉÉ SONT GENTIIIILLES
ELLE A DES SACRÉS NICHONS.
ELLE EST SILICONÉE À MORT !
- OH TU ÉTAIS LÀ ? - OUI... JE VOULAIS TE DIRE... - CHUT
AH ?
ELLE EST MÉGA-TARTE ! POURQUOI ILS LA GARDENT ?
ELLE SE TAPE LE PRODUCTEUR.
C'ÉTAIT DANS "ICI-TV."
- EMBRASSE-MOI... - NON, BRUCE
C'ÉTAIT PAS LA COPINE DE JIM LOVER ?
MAIS NAN... IL EST HOMOSEXUEL !
AH OUI, C'EST VRAI.
- J'AI BESOIN DE TEMPS
JE LE CROIS PÔ ! ÇA FAIT 12 ÉPISODES QU'IL LA DRAGUE ET QU'IL SE PASSE RIEN !
QUELLE ARNAQUE !
PFFF
- OUI, JE COMPRENDS
C'EST À CAUSE QUE LE SCÉNARISTE A ÉTÉ RACHETÉ PAR UN AUTRE FEUILLETON.
AH OUI, "LES FILLES DU COLLÈGE" !
- JE SAIS QUE TU ME COMPRENDS
C'EST CET ACTEUR QU'ILS ONT PAYÉ UN MILLION !?? ET IL EST MÊME PÔ CAP' DE ROULER UN PATIN !?!?
QUEL NAZE !
MINABLE...
- OUI... ON SE COMPREND
ENCORE DEVANT CETTE TÉLÉ !!!
BAH... ÇA LES FAIT RÊVER...
2.

couche-culotte

le bon plan
DEUX CHOCOS.
CINQ.
DEUX... ET DEMI.
QUATRE.
BON... TROIS. ET PÔ UN DE PLUS.
ET QUE ÇA FASSE VRAI
GRRAAOOR
?
ÇA VA PAS ?
UN PETIT BISOU, NADIA ? HA! HA!
QU'EST-CE QU'IL A, CE GROS DÉBILE !?
HÉ! HO!
BAFF
LÂCHE-MOI, DUNAZE !
CRUNK
KAIIIII
NON MAIS...
AY
AY
TSSSAAAM ! LAISSE-LA TRANQUILLE, PÔV' TYPE ! GRRR !
JE SUIS LÀ, NADIA !
BEN?? QU'EST-CE QUE TU FOUS PAR TERRE?
... T'AS ÉTÉ TROP VITE !
RENDS-MOI MES CHOCOS !
ET ALORS? ... AVEC NADIA ?
TA GUEULE !!!

Mon cousin bertrand
MON COUSIN BERTRAND, IL A QU'UN TRUC EN TÊTE...
UNE COMME ÇA !
T'AS VU LES CHROMES ?
LA ROUGE !
T'AS VU LE POT ?
Y'A MÊME UN POT, SI T'AS TROP BESOIN EN ROUTE ?
moto
IL A PÔ ENCORE L'ÂGE, ALORS IL SE PRÉPARE...
HÉ ! LE ZONBLOU !
HÉ !
T'AS VU LE ZONBLOU !?
HO
HÉ ! LES BOOTS !
MATE LES BOOTS !
IL S'Y CROIT DÉJÀ...
T'AS VU LE STYLE ?
HÉ ! LA CLASSE !
J'EMBALLE À MORT !
... À MORT !
CRAK
BUNT
PANK
Born to crash you gueule
OUCH
POUR FINIR, IL A PRIS UN AUTRE MODÈLE...
PAS TROP DE VENT ?

l'épreuve de la mode
TITEUF ! VIENS VOIR ! LA VOISINE NOUS A DONNÉ DES VÊTEMENTS !
AÏE !
SON FILS A TELLEMENT GRANDI QU'IL NE PEUT PLUS EN METTRE AUCUN...
ILS DEVRAIENT LUI DONNER UN MÉDICAMENT...
CE T-SHIRT EST COMME NEUF... IL N'A PAS DÛ LE METTRE SOUVENT...
JE LE COMPRENDS...
ET CETTE CHEMISE ? COMMENT TU LA TROUVES ?
RINGARDE !
À TON ÂGE, ON AURAIT ÉTÉ CONTENTS !
AH OUAIS ? C'ÉTAIT LA MODE, AU MOYEN ÂGE ?
FICHE LE CAMP ! ...ET TU DIRAS MERCI À LA VOISINE !
TU PARLES...
OUAHAHA !
TOP LOOK !
ATTENDS... C'EST UN JEU... 'FAUT DEVINER L'ANNÉE !
ARK
OUAF
PESTICULES POURRITES !!
... HEUREUSEMENT, Y'A RAMON.
JE PARIE QUE TA VOISINE A UNE FILLE...
MA...
...SI

fiche bricolage
QU'EST-CE QUE TU FAIS ?
UN BRICOLAGE POUR NADIA ...
MM
GNBRGRN TOUJOURS BOUCHÉ !
CHNUK
CHNUK
GNNNN
TU FAIS QUOI, TI...
ARGNNN
SPROTCH
...ET AVEC NADIA ?
ÇA COLLE ...

cité de la rigolade
DUGLAND... ABDEL AZIZ... PETCHOKOF... CAMANO...
'TENDS... PÔ TROP VITE !
PETCHOKOF... 45 01 74 12 ...
74... 12
OKAY...
'SUIVANT...
VOUS AVEZ L'HEURE, LES ENFANTS ?! MANU... TES PARENTS DOIVENT S'INQUIÉTER
C'EST BON, C'EST BON... IL RESTE DORMIR ICI.
BON. NOUS ON VA AU LIT.
VAS-Y ! COMMENCE !
TUUUT TUUUT
ALLÔ ?
QUOI !! NON ! VOUS N'ÊTES PAS CHEZ LÉONARDO DI CAPRIO !!
C'EST UNE ERREUR !!
QUI C'EST ?
VAS-Y ! À TOI ! VIITE !
ATTENDS...
TUUUT TUUUT
QU'EST-CE QUE C'EST QUE CES ... RIES ?!
NON MONSIEUR !! JE NE SUIS PAS SUPERMARIO !! C'EST UNE ERREUR !
BONSOIR... J'AIMERAIS PARLER À PAMELA ANDERSON ...
À MOI ! PASSE ! PASSE !
QU'EST-CE QU'IL SE PASSE, ICI !? À QUI VOUS TÉLÉPHONEZ À DES HEURES PAREILLES ?!?
AU LIT !
ALLÔ ?
IL EST PÔ COOL, PAPA... J'AVAIS BIENTÔT UNE DIAGONALE COMPLÈTE AU 'MORPION-CITÉ'.
ZEP HUBERT CHEVILLARD

tifs
avec neon
COIFFURE
AH ! TE VOILÀ, TITEUF... ASSIEDS-TOI !
AU S'COOOOOURS !!
CHAQUE FOIS C'EST PAREIL ...
... JE ME DEMANDE CE QUI LUI PASSE PAR LA TÊTE ?!!

Les filles, ça dit n'importe quoi...

les trucs giga
PÉTER DANS MON BAIN...
ATTENTION CAPITAINE !
C'EST LA GUERRE CHIMIQUE !
PROUTFFBLL
... JOUER À LA 'ROULETTE-FEUILLES-MORTES'...
BANZAÏ !
... SURTOUT QUAND C'EST LES AUTRES QUI PERDENT.
WAF WAF
... DÉCOUVRIR DES MÉGACROTTES DE NEZ
WAAA ! LA BELLE !
... FAIRE LE MONSTRE AVEC UNE CUILLÈRE À SOUPE...
GRRAORR
GRILLER DES MARSHMALLOWS...
ON DIRAIT UNE GROSSE VERRUE QUI VA ÉCLATER !
MIAM.
PIQUER DES TRUCS AUX FILLES...
DUMBO, ELLE A PAS LE SENS DU GIGA...
OUILLE
les trucs nazes
... C'EST LES MÊMES, MAIS AVEC DES ADULTES.
FAITES L'EXPÉRIENCE DE VOUS OBSERVER DANS UNE CUILLÈRE... LA FORME CONVEXE VOUS DÉFORME LE VISAGE. C'EST AMUSANT ET

le miracle de la vie
WAHAHAHA TITEUF-LA-BABY-SITTER !!
T'AS PAS OUBLIÉ LES PAMPERS?
C'EST MIGNON !
GA
BL
BANDE DE NAZES !!
VOUS VERREZ, C'EST PÔ RIGOLO SI VOTRE PAPA, IL ÉGARE UN SPERZAMOTOÏDE !!
URK URK
OUAF
OUAK
'TENDEZ, LES MECS... IL VA ENLEVER SON T-SHIRT ET LUI DONNER LE SEIN.
OUAF
OUARK
'SONT CONS.
WAAAH! HEU... C'EST TA PETITE SOEUR, TITEUF ?
BEN OUAIS.
OOH
FAIS VOIR
ELLE EST CHOUU !
GOUZI GOUZI
COUCOU!
HI HI
ON PEUT LA PORTER ?
OH OUIIIII !
S'IL TE PLAIT !!
BEN...
MOI D'ABORD !
C'EST UNE PETITE POUPÉE !
PETITE PUCE !
À MON TOUR
OOH
PFFF
MERCI TITEUF... TU ES SUPER CHOU!
ON POURRA VENIR LA VOIR CHEZ TOI ?
CIAOOO
BIZZ
HEU... TU NOUS LA LOUES POUR SAMEDI APRÈS-MIDI ?
PÔ POUR UN MILLIARD !
PÔV' NULS!
ZEP juin 98

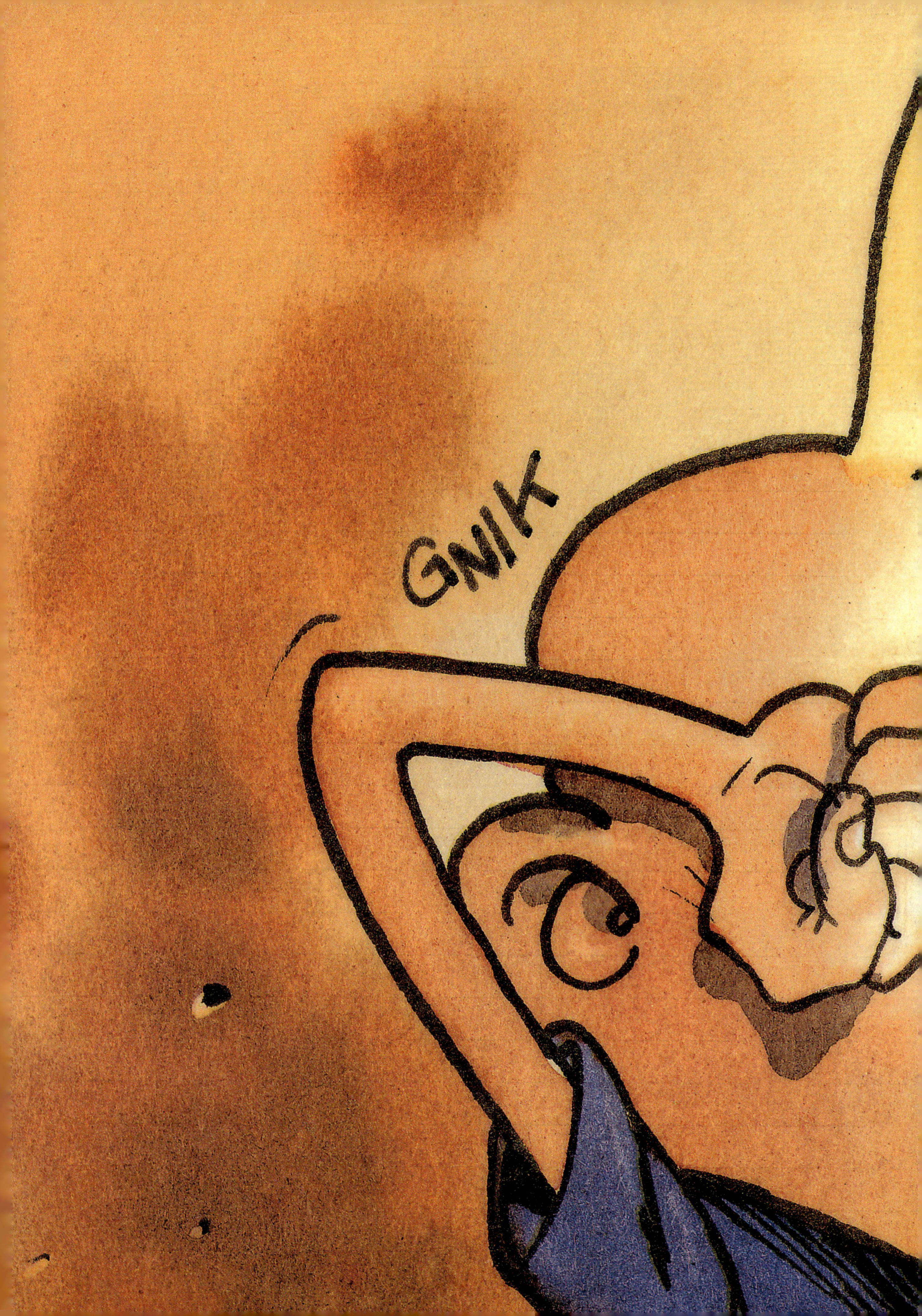
GNIK